Kurzroman

Merry f*cking Christmas

Jasmin Mayer

W0390334

MERRY F*cking CHRISTMAS

JASMIN MAYER

Kurzroman
Merry f*cking Christmas

Dieser Titel ist auch als E-Book erschienen
Vollständige Taschenbuchausgabe
2. Auflage
ISBN: 978-3-911505-20-8

Text und Copyright © 2022 by
Jasmin Mayer
Stettiner Str. 34 B
68307 Mannheim

Druck und Bindung: PRINT GROUP Sp. z o.o.,
ul. Cukrowa 22, 71-004 Szczecin (Polen)

Vertrieb: booXperts
logiXperts GmbH
Siebenbürger Straße 15a
82538 Geretsried

Umschlaggestaltung: Kreationswunder by Katie Weber
(www.kreationswunder.de)

Illustration: Meryam Youssef

Lektorat & Korrektorat: Daniela Mertens
(https://lektorat-danimertens.jimdofree.com/)

Buchsatz: Juliane Buser - Grafikdesign
(https://www.jb-grafikdesign.de)

Website: www.jasminmayer.de

Für alle, die den Flair von Weihnachten lieben, aber den Winter
und die Kälte verabscheuen.

Für alle, die gutes Essen jedem Strauß Rosen
vorziehen würden.

Für alle, die schon einmal in den älteren Bruder
ihrer besten Freundin verliebt waren.

Für alle, die verknallt sind, sich es aber nicht
eingestehen wollen.

Einfach für alle romantischen und nicht romantischen
Verliebten!

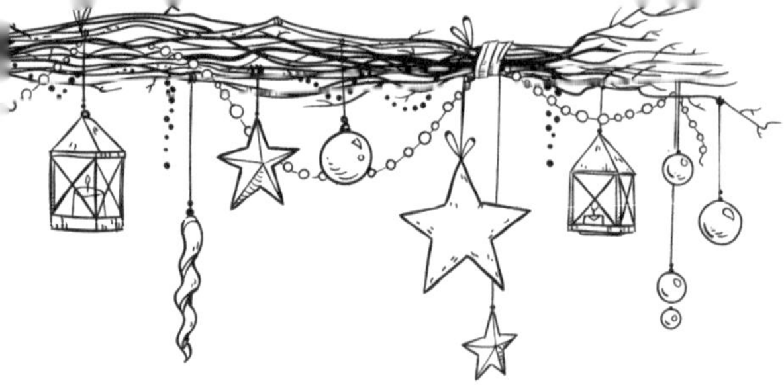

Playlist

I

Driving Home for Christmas – Chris Rea

Happy Xmas (War Is Over) – John Lennon, Yoko Ono & The Plastic Ono Band

Wonderful Dream (Holidays Are Coming) – Melanie Thornton

Like it‘s Christmas – Jonas Brothers

Let it Snow! Let it Snow! Let it Snow! – Dean Martin

Wonderful Christmastime – Paul McCartney

Santa Baby – Michael Bublé

White Christmas – Bing Crosby

It‘s Beginning To Look a Lot Like Christmas – Michael Bublé

Underneath the Tree – Kelly Clarkson

My Only Wish (This Year) – Britney Spears

Christmas Without You – Ava Max

Thank God It‘s Christmas – Queen

Last Christmas – Wham!

One More Sleep – Leona Lewis

Playlist

II

Mistletoe – Justin Bieber

Winter Wonderland – Tony Bennett

It‘s the Most Wonderful Time of the Year – Andy Williams

All I Want For Christmas Is You – Michael Bublé

Christmas Lights – Coldplay

I‘ll Be Home – Meghan Trainor

Merry Christmas Everyone – Shakin‘ Stevens

Lichterketten, Glühwein, Lametta.

Weihnachtsmärkte, geschmückte Schaufenster in der Innenstadt.
Gebäck und Kerzen, die nach Lebkuchen duften.
All diese Dinge wecken in uns ein Gefühl.
Ein Gefühl von Geborgenheit und Liebe.
Es ist so weit, Weihnachten steht vor der Tür.

Kapitel 1

Vier Tage vor Heiligabend

Mit meiner besten Freundin Georgie und ihren zwei Cousinen Jenny und Samantha bin ich auf dem Weg in eine Berghütte, um über die Weihnachtstage ein wenig die Seele baumeln zu lassen. Wir haben eine achtstündige Autofahrt hinter uns, als das Navi endlich die fünf magischen Worte spricht: »Sie haben das Ziel erreicht.«

»Gott sei Dank.« Ich rapple mich von der Rückbank auf und steige nach den anderen aus dem Wagen. Kein Wunder, dass meine Gliedmaßen schmerzen, wenn so viele Stunden lang die Knie das Kinn berühren, nur weil vier Mädels mit tonnenweise Gepäck in einem Mini Cooper in den Ski-Urlaub fahren.

Selbst auf dem Dach sind mehrere Taschen angebunden. Unglaublich, dass sie nach Georgies Fahrstil heile am Ziel angekommen sind. Natürlich hätten wir uns einen Mietwagen nehmen können, aber ganz nach dem Motto: *Dumm, dümmer, am dümmsten plus eine vierte Person, die hofft, den Horrortrip einfach nur hinter sich zu bringen, wollte Georgie mit ihrem eigenen Auto fahren. Dass ich diese vierte Dumme in dem Gespann bin, versteht sich hoffentlich von selbst.*

Ich steige aus und sofort peitscht ein eisiger Windzug durch meine Kleidung.

Scheiße, ist das kalt. Wie viel Grad haben wir? Minus vierzig? Ich ziehe meinen Mantel enger und schlinge die Arme um meinen Körper, während ich meinen Blick in die Ferne schweifen lasse. Schneebedeckte Berge so weit das Auge reicht.

Die Bergspitzen sind von einem weißen Nebelmeer umgeben.

Es ist wunderschön anzusehen und gleichzeitig das Gegenteil von dem, was ich mag. Ich liebe den Sommer und die Hitze. Wieso habe ich nur zugestimmt, meine freien Tage hier zu verbringen, an einem Ort, an dem die Temperaturen einem ein Gesichtslifting all inklusive verpassen? Stattdessen könnte ich jetzt auf den Malediven liegen und mit einem Strohhalm Kokosnüsse ausschlürfen. Ich muss eindeutig verrückt gewesen sein, als ich zugestimmt habe, mit in die Alpen zu fahren.

»Em, komm schon, lass uns reingehen«, ruft Georgie mir vom Eingang der Berghütte aus zu.

»Ja, ich komme.« Ich bin sowieso nicht erpicht darauf, weiterhin in dieser Eiseskälte herumzustehen.

Zum Glück reicht der Schnee nur bis zu meinen Knöcheln. Wenigstens etwas. Meine Schneeschuhe liegen nämlich ganz unten in der Reisetasche. Möglich, dass ich absolut talentfrei bin, was das Kofferpacken anbelangt.

Kurz vor der ersten der drei Stufen, die zur winzigen Veranda hinaufführen, blicke ich auf. Georgie ist verschwunden, stattdessen steht ihr acht Jahre älterer, überirdisch heißer Bruder in der Tür und beobachtet mich.

Wie vom Blitz getroffen bleibe ich stehen. Verflucht, was tut er denn hier? Meine Augen kleben an ihm, denn er trägt nichts außer engen, schwarzen Boxershorts und einer dunkelbraunen Bärenfellweste, die offen ist und mich geradewegs auf seinen muskulösen Oberkörper blicken lässt. Er sieht aus wie ein Wikinger, nur mit zu viel nackter Haut. Seine Füße stecken in hellbraunen Lederboots, deren Schnürsenkel offen sind. Vermutlich würde bei jedem anderen Mann die Kombination lächerlich aussehen, doch nicht bei Lucien. Er könnte einen verdammten Kartoffelsack tragen und würde immer noch vor Sexyness strotzen.

Seine feuchten, dunkelbraunen Haare fallen ihm vorn ins Gesicht. Tropfen rinnen herab und benetzen seine Brust. *Müssten die bei der Kälte nicht sofort gefrieren?*

Ich räuspere mich. »Lucien, du auch hier?«, sage ich und versuche dabei, so cool und desinteressiert wie möglich zu klingen.

»Wie du siehst.« Er verschränkt die Arme vor der Brust, lehnt sich lässig gegen den Türrahmen und versperrt mir somit den Weg in die Hütte.

»Komm schon. Was soll das? Lass mich durch.« Ich überbrücke den letzten Abstand zwischen uns und obwohl ich ihn nicht anschauen wollte, hebe ich den Kopf und blicke geradewegs in die Tiefen seiner dunkelblauen Augen. Heiliger Ozean. Man müsste meinen, ich bin über die Jahre, in denen ich ihn nicht gesehen habe, immun gegen seine Anziehungskraft geworden, doch dem ist leider nicht so.

Eine magische Stille umgibt uns. Alles, was ich wahrnehme, ist das laute Rauschen in meinen Ohren. Ich blinzle mehrfach, um meine Augen von seiner intensiven Ausstrahlung loszureißen.

»Wieso so eilig? Ist der kleinen Emi etwa kalt?« Ein amüsiertes Grinsen legt sich auf seine Lippen.

»Kann sein, doch vielleicht stehe ich auch einfach nur nicht darauf, wenn mir die Nippel abfrieren«, kontere ich trotzig.

»Wäre ja auch zu schade um die beiden.« Er zwinkert mir zu.

»Oh, ein Nippelfetischist?«

»Möglich! Ich kann dir gern eine Kostprobe davon geben, was ich alles mit ihnen anstellen kann.« Er zieht neckend die Augenbrauen nach oben.

»Nein, danke, ich verzichte. Dennoch kann ich nicht verstehen, wie du bei den Temperaturen halb nackt herumlaufen kannst, ohne dass dir etwas abfriert.« Kaum habe ich den Satz beendet, schießt mir ein Gedanke in den Kopf, der mich schmunzeln lässt. »Vielleicht ist dir das ja schon passiert und da gibt es nichts mehr, um das du dir Sorgen machen müsstest.« Obwohl ich das gar nicht tun wollte, senkt sich mein Blick auf seinen Schritt. Okay, ich sehe, dass meine Theorie falsch ist, mehr als falsch, so was von definitiv falsch, denn die ausgeprägte Beule ist deutlich zu erkennen und drückt sich gegen den nahtbesetzten Eingriff.

Leicht verlegen schaue ich zu ihm auf und suche nach den passenden Worten. Meine Wangen glühen und leuchten sicher so rot wie eine Tomate. Was würde ich jetzt für ein Loch unter meinen Füßen geben, in dem ich versinken kann.

»Du musst keine wilde Theorie erfinden, nur um zu verbergen, dass du dahin …« Er zeigt mit dem Finger an sich herab. »… schauen willst.«

»Das wollte ich gar nicht … also … vergiss es einfach.« Ich schnaube frustriert und drücke mich zwischen ihm und dem Türrahmen vorbei ins Innere. Dabei hebe ich die Hände in die Luft und ziehe den Bauch so weit ein wie nur möglich, damit sich unsere Köper nicht berühren. Ich bin zwar angezogen, doch würde meine Kleidung, wenn sie mit seiner nackten Haut in Berührung kommt, vermutlich in Flammen aufgehen. Ich sicherlich gleich mit.

Lucien lacht und scheint sich über mein Verhalten zu amüsieren. »Wenn du das sagst. Ich hole mal das Gepäck.«

Ich zucke mit den Schultern und schließe umständlich, damit ich ihn nicht erneut ansehen muss, die Tür hinter mir. Die Wärme, die mich augenblicklich umhüllt, ist wie ein Sonnenkuss.

Es ist still. Lediglich das Knistern des Kaminfeuers ist zu hören. Sicher sind die Mädels bereits auf ihren Zimmern. Ich reibe meine Handflächen aneinander und schaue mich um. Alles ist sehr offen gehalten. Der Wohn- und Essbereich wurde mit rustikalen Möbeln ausgestattet, ganz so wie in typischen Berghütte-Filmen. Zudem ist der Raum bereits weihnachtlich dekoriert. Ein mit roten und weißen Kugeln geschmückter Tannenbaum, der bis zur Decke reicht, steht links vom Kamin direkt in der Ecke. Darunter blitzen bereits eine Handvoll Geschenke hervor. Mein Blick schweift zur Decke. Selbst die Holzbalken sind mit grünen Girlanden verziert. Doch das ist nicht alles: Ein riesiger Mistelzweig ragt direkt vor dem Kamin von einem der Balken herunter. Den sollte ich unbedingt meiden.

Ich lasse mich auf einen der dunkelbraunen Ledersessel vor dem Kamin nieder und halte meine Handflächen gegen das Feuer, um mich aufzuwärmen.

Keine Minute später schwingt die Eingangstür knarrend auf und Lucien steht im Türrahmen, vollgepackt mit unzähligen Taschen und Rucksäcken, die er versucht, durch die Tür zu zerren. Eine bleibt hängen. Er stöhnt frustriert.

Ich springe auf. »Scheiße, Lucien. Da sind die Geschenke drin.«

Er lässt die Taschen neben sich fallen und grinst amüsiert. »Hast du auch eines für mich besorgt?«

Ich neige den Kopf und schaue ihn mit hochgezogenen Augenbrauen an. »Was?«

»Na ein Weihnachtsgeschenk.«

»Wenn ich gewusst hätte, dass du hier bist, wäre ich gar nicht mitgefahren. Also nein, ich habe kein Geschenk für dich.«

»Macht nichts. Du kannst dir einfach eine rote Schleife umbinden. Damit wäre ich vollkommen zufrieden.«

Ich zeige ihm den Mittelfinger, woraufhin er lauthals loslacht. Scheiße, dieses herzhafte Lachen ist mein Untergang.

»Davon träumst du wohl.« Ich schnappe mir rasch meine Tasche und lasse ihn einfach allein im Wohnbereich zurück.

»Was ist, wenn es so wäre?«, höre ich ihn noch sagen, bevor ich um die Ecke biege.

Lieber Gott, bitte hilf mir, diese Tage zu überstehen, ohne durchzudrehen, denn ich habe keinen meiner Freudenspender mit, um mich, nun ja, nennen wir es … *abzureagieren*. Doch wie ich vermute, sind die Wände in einer Berghütte sowieso nicht besonders schalldicht, also ist es besser so. Immerhin kann ich so nicht in Versuchung geraten.

Nach mehreren Abstechern in Badezimmer und Abstellkammer habe ich mein Zimmer aller Voraussicht nach gefunden. Zumindest hoffe ich, dass es meins ist. Es ist zumindest leer und es stehen auch keine fremden Koffer darin, also geh ich davon aus. Ich werfe die Taschen aufs Bett und lasse meinen Blick durch das kleine, aber niedlich eingerichtete Zimmer schweifen.

Es beinhaltet das Nötigste: ein Bett, Schrank, Kommode und einen Nachttisch, worauf eine zuckersüße rosa Lampe steht, was dem so rustikalen Berghüttenstil eine kleine weibliche Note verpasst. Die Bettwäsche ist weiß, eine rosa Tagesdecke liegt darüber. Obwohl ich eigentlich Hotels und sterile Einrichtungen bevorzuge, gefällt mir das winzige Zimmer.

Da die lange Fahrt hierher Spuren hinterlassen hat, packe ich fix meine Tasche aus, verstaue die wenige oder vielleicht doch etwas üppigere Kleidermenge in dem kleinen Schrank und begebe mich dann ins Badezimmer, das am Ende des Flurs liegt.

Es ist wie erwartet schlicht eingerichtet, verfügt aber über das Nötigste, unter anderem eine gläserne Duschkabine.

Das warme Wasser entspannt meine müden und versteiften Gliedmaßen und ich genieße einige Minuten das Gefühl, bevor ich mich sauber und weniger schlecht gelaunt in eines meiner flauschigen Handtücher wickle und leise die Badezimmertür öffne. Vorsichtig luge ich in den Flur hinaus, um zu schauen, ob die Luft rein ist und ich niemandem, vor allem einer gewissen Person, so spärlich bekleidet aus Versehen über den Weg laufe.

Mit einer Hand halte ich das Badetuch fest um meinen Körper gewickelt und mit der anderen meinen Kulturbeutel, während ich barfuß und so schnell ich kann in mein Zimmer zurückflitze. Ich habe keine Ahnung, wo Lucien sich herumtreibt, und ich würde ihm zutrauen, dass er hier irgendwo herumlungert und mich beobachtet. Kaum verspüre ich Erleichterung, als ich die Zimmertür hinter mir schließe, da klopft es.

Mein Herz beginnt zu rasen. »Einen Moment bitte, ich muss schnell …«

»Bist du nackt?«, gluckst Georgie. Es klingt, als würde sie sich ein Lachen verkneifen.

»Ich war gerade duschen, also ja.«

»Süße, mach die Tür auf, ich hab sowieso schon alles von

dir gesehen, was es zu sehen gibt.« Ihre Stimme hallt durch den ganzen Flur.

Gott, nicht so laut. Wenn Georgie hier noch mehr herumbrüllt, bekommt wirklich jeder in der Hütte mit, dass ich nichts anhabe. Auch Lucien!

Schnell eile ich zur Tür und öffne sie einen Spaltbreit, um mich dann direkt wieder dahinter zu verstecken.

Georgie lacht. »Was ist los mit dir, Em? Vor wem versteckst du dich, dass ich mich durch diesen winzigen Türspalt quetschen muss? Immerhin bin ich keines der abgemagerten Möchtegernmodels aus unserer alten Schulklasse.«

»Sehr witzig. Ich weiß auch nicht, vielleicht vor deinem Bruder. Du hättest mich echt vorwarnen und mir sagen können, dass er hier ist.«

»Mein Bruder? Ist doch egal, dass er auch hier ist. Wir Mädels machen uns eine schöne Zeit. Und als ob er sich für deine nackte Henriette interessiert.«

»Henriette? Ernsthaft?« Auch wenn ich böse auf sie sein sollte, kann ich mir ein Lachen nicht verkneifen. »Ein noch weniger erotischer Name ist dir für meine Mumu nicht eingefallen?« Ich schlüpfe schnell in BH und Slip.

Georgie zuckt mit den Achseln. »Also, ich finde den Namen ganz amüsant. Mumu klingt wirklich schräg, findest du nicht auch?« Sie grinst.

»Na, wenn du das sagst.« Ich schüttle den Kopf, streife mir einen meiner Lieblings-Oversizepullover über und schlüpfe in dunkelblaue Yogaleggins.

Georgie schaut mich mit weit aufgerissenen Augen an.

»Was?«

»Das willst du anziehen?«

Ich schaue an mir runter. »Ja, wieso nicht?«

»Weil du aussiehst, als möchtest du zum Sport gehen und nicht mit uns die Gegend unsicher machen.«

»Ach so … keine Sorge. Ich habe ja auf der Fahrt hierher schon gesagt, dass ich keine Lust habe und lieber in der Hütte bleibe. Geht ruhig ohne mich.«

»Wirklich?«

»Jaaaaa. Außerdem bin ich noch immer sauer auf dich.«

»Sauer? Wieso das denn?«

»Vielleicht, weil du mir hättest sagen können, dass dein Bruder auch hier ist. Und überhaupt hast du mich einfach angelogen.«

»Angelogen? Jetzt mach aber mal halblang. Außerdem, wo bleibt da der ganze Spaß? Ich verstehe bis heute sowieso nicht, wieso ihr euch ständig ankeift.«

»Pah, vielleicht weil er ein frauenaufreißendes Machoarschloch ist?«

Georgie lacht. »Okay, der Punkt geht an dich. Aber ist doch egal. Ignoriere ihn einfach und wir Mädels machen uns eine schöne Zeit.«

Ich schnaube verächtlich.

»Warte, willst du mir sagen, du wärst gar nicht mitgekommen, hättest du gewusst, dass er auch hier ist?« Georgie verschränkt ihre Arme vor der Brust.

»Genauso sieht's aus. Ich hätte mich stattdessen für Strand, Sonne und Cocktails entschieden.«

»Sei nicht so eine Zicke. Und wir wissen beide, dass du dich gerade selbst belügst. Du hättest so lange gesagt, dass du nicht mitkommen willst, bis ich dich angefleht hätte und du dann so getan hättest, als würdest du nur meinetwegen mitkommen.« Sie grinst mich mit ihrem Gewinnerlächeln an.

Natürlich hat sie recht, aber das werde ich sicher nicht zugeben. »Ach vergiss es einfach. Ich werde es überleben.«

»Naaaaa, sicher wirst du das.« Sie verdreht die Augen und schüttelt amüsiert den Kopf.

Georgie darf niemals wissen, warum ich ihrem Bruder tatsächlich aus dem Weg gehe. Sie denkt, ich kann ihn nicht leiden, weil er mich immer ärgert. Und er ärgert mich, weil ich die nervige beste Freundin seiner kleinen Schwester bin. Dass ich jedoch beinahe vor Verlangen vergehe, wenn er auch nur die gleiche Luft atmet wie ich, darf sie niemals erfahren. Lucien ist nicht nur acht Jahre älter als ich, nein, er ist ein frauenverschlingendes Monster. Auch aus diesem Grund muss ich mich von ihm fernhalten. Er würde mich zum Abendessen verspeisen und zum Frühstück wieder ausspucken.

Woher ich das weiß? Vielleicht weil er schon früher regelmäßig Frauen abgeschleppt hat. Frauen mit Modelmaßen, gemachten Titten und einem Hintern wie Kim Kardashian. Frauen, die das komplette Gegenteil von mir sind. Ich bin nur eins siebzig groß, zierlich, habe kleine Brüste und eher eine Figur wie eine Holzlatte anstatt einer Sanduhr. *Nein, nein, nein, meine nächtlichen feuchten Träume werden Träume bleiben. Ich werde Lucien ignorieren. Er ist einfach Luft. Puff!*

»Erde an beste Freundin.« Georgie fuchtelt mit den Händen vor meinem Gesicht herum.

»Entschuldige, ich war in Gedanken versunken.«

»Das sehe ich. Ich habe gefragt, ob du dir sicher bist, dass du nicht mit uns Mädels losziehen willst.«

»Ja, bin ich, ich habe wirklich keine Lust. Du kennst mich doch. Ich bin keine Shoppingqueen.«

»Aber dann sitzt du hier ganz allein rum. Wird dir da nicht langweilig?«

»Nö.« Ich nehme ein Buch aus meiner Tasche und drehe es in meiner Hand.

»Okay, wie du willst, wir sehen uns später.« Sie kommt ums Bett herum, gibt mir einen Kuss auf die Wange. »Ich hab dich lieb«, sagt sie und verlässt das Zimmer.

»Ich dich auch«, rufe ich ihr nach.

Wenige Minuten später verlasse ich ebenfalls das Zimmer, ziehe die Tür hinter mir zu und laufe geradewegs gegen eine starke Brust. Erschrocken taumle ich rückwärts und stoße mit dem Rücken gegen die geschlossene Zimmertür.

»Nicht so stürmisch«, höre ich Lucien belustigt sagen.

»Entschuldige, ich …« Als ich in seine Augen schaue, vergesse ich für einen Moment, was ich sagen will.

Wir sehen uns stumm an und ich verliere mich in dem Glitzern seiner Augen, welche Dunkelheit und zugleich Wärme, die mir so vertraut ist, ausstrahlen. Zu vertraut. Oft schaue ich mir heimlich ein Selfie von Lucien und mir an, das er während eines Sommerurlaubs vor drei Jahren geschossen hat. Ja, ich habe mich mit fünfzehn wie ein Groupie verhalten. Natürlich nur heimlich und auf sicherem Terrain. Auf dem Bild grinst er in die Kamera und ich schaue verträumt zu ihm auf. Natürlich habe ich allen erzählt, er habe etwas gesagt und deshalb habe ich ihn angeschaut. Völliger Mumpitz. Jede Faser meines Körpers hat schon damals nach ihm gelechzt.

Luciens Worte lassen mich aus meinen Gedanken schrecken. »Ich wollte dich nicht erschrecken. Ich dachte, du bist mit den Mädels shoppen gefahren.«

»Nein, also das ist nicht so mein Ding«, stottere ich vor mich hin.

»Verstehe. Ich wollte gerade in die Küche, um mir etwas zu essen zu machen.«

»Oh, ach so, ja. Ähm, guten Appetit«, stottere ich erneut wie eine dumme Gans, die den Kopf zu lange unter Wasser gehalten hat.

»Willst du vielleicht auch etwas?«

Schnell schüttle ich den Kopf. »Nein, nein, danke. Ich bin nicht hungrig, ich wollte … ist nicht so wichtig. Ich werde dann mal …«

Mühselig reiße ich meinen Blick von Lucien los, nicke in Richtung Tür und laufe, ohne ihn erneut anzusehen, rasch den Flur runter.

»Em, ich …« höre ich ihn noch rufen, doch ich bleibe nicht stehen und tue so, als hätte ich ihn nicht gehört.

Ihm nah zu sein, wenn wir allein sind, ist die reinste Folter. Niemals würde er das Gleiche für mich empfinden wie ich für ihn. Es darf einfach nicht sein. Wieso, verdammt, habe ich nur zugestimmt, mit auf die Hütte zu fahren? Ich stecke in einem riesigen Schlamassel. So viel steht fest.

Nachdem ich gegen Mittag was gegessen und mich den restlichen Tag auf meinem Zimmer verkrochen habe, um nicht Gefahr zu laufen, Lucien erneut zu begegnen, höre ich Stimmen aus dem Wohnbereich. Die Mädels müssen zurück sein. Ich folge den Geräuschen und sehe alle zusammen vor dem Kamin auf dem Boden sitzen. Sie lachen und albern herum.

Georgie erblickt mich zuerst. »Em. Komm, setz dich zu uns. Wir haben hier Essen mitgebracht, wenn du Hunger hast. Jenny erzählt gerade von ihrem Urlaub in Paris.«

Ich lächle gezwungen und setze mich zu ihnen, obwohl mich dieses angeberische Gerede eher langweilt. Jenny kommt aus reichem Hause und leider sieht man das nicht nur, sondern hört es auch. Und das ist kein Kompliment. Georgie drückt mir einen Becher mit gebratenen Nudeln in die Hand, doch ich stochere nur darin rum, während ich verstohlen zu Lucien schaue. Er sitzt abseits in einem Sessel, hält eine dampfende Tasse in der Hand und schaut gedankenversunken in den knisternden Kamin. Er scheint von diesem Gespräch genauso gelangweilt zu sein wie ich. Wer kann es ihm verübeln?

Schüchtern beobachte ich jede seiner Regungen, wie er die Lippen spitzt, wenn er die Tasse an seine Lippen setzt. Das Feuer, das sich in seinen Augen widerspiegelt. Es ist mir unmöglich, meinen Blick von ihm abzuwenden. Erst als er sich mir zuwendet, schaue ich verlegen weg.

Sein Blick durchbohrt mich und eine Gänsehaut legt sich über meine Haut.

Nicht vor Kälte, sondern vor Erregung. Ein so starkes Knistern liegt in der Luft, dass ich es beinahe mit den bloßen Händen greifen kann.

Nach gefühlten Minuten halte ich es nicht mehr aus. Die ganze Situation, Jenny, die ununterbrochen redet, und Lucien, der mich so intensiv mustert, dass ich das Gefühl habe, von innen heraus zu verbrennen. Ich muss hier weg. Sofort.

»Entschuldigt mich, ich bin völlig erledigt und hau mich aufs Ohr.« Ich stehe rasch auf und verlasse den Wohnbereich. Das, was Luciens Anwesenheit mit mir anstellt, ist nicht richtig. Er ist der Bruder meiner besten Freundin und ich sollte nicht so empfinden. So kann es nicht weitergehen. Morgen muss ich mich zusammenreißen, bevor jeder hier merkt, was in mir vorgeht.

Der Dezember ist kalt, düster und nass.
Dennoch und vielleicht genau darum wird er geliebt
oder gehasst.
Doch in jeder Hinsicht sorgt die Besinnlichkeit
der Weihnacht für

Licht, Wärme und Geborgenheit.

Kapitel 2

Drei Tage vor Heiligabend

Frisch geduscht und etwas wärmer angezogen als gestern tapse ich in meinem Jogginganzug durch die Hütte. *Wo sind denn schon wieder alle hin?* Ich schlüpfe in meine flauschigen Boots und öffne die Eingangstür. Sofort bläst mir eiskalte Luft ins Gesicht und ich lege den Kopf in den Nacken.

Der Himmel ist eine weiße Wolkendecke, durch die einzelne Sonnenstrahlen hindurchbrechen und sich im Schnee reflektieren. Es ist ein wundervoller Morgen. Ich blinzle mehrfach, da die Sonne mich blendet, und erschrecke, als ich erkenne, was ich vor mir sehe.

Lucien steht ein paar Meter weiter am Abhang und blickt in die Ferne. Er scheint meine Anwesenheit zu spüren, denn er dreht sich um. »Na, endlich ausgeschlafen?«, fragt er mit einem breiten Grinsen auf den Lippen.

»Wohl eher aufgehört. Du scheinst deine Anziehsachen wiedergefunden zu haben.« Ich deute auf seinen Skianzug, während ich ein paar Schritte auf ihn zugehe, damit nicht alle in der Hütte unser Gespräch mitbekommen.

»Ich kann sie auch wieder verlegen, wenn dir das lieber ist.«

»Nein, nein, schon gut, das will niemand …« Weiter komme ich nicht, denn meine Füße verlieren den Halt und ich lande mit dem Hintern auf der dicken Eisschicht, die unter dem Schnee verborgen ist.

Schmerz durchzuckt meinen Körper, doch alles, was ich wahrnehme, ist Luciens lautes Lachen. Mistkerl. *Verfluchter, gehässiger … Gott von einem Mann.*

»Scheiße, Em. Du hast echt zwei linke Füße oder?« Er streckt mir seine Hand entgegen.

»Fahr zur Hölle«, zische ich und schlage sie weg.

Langsam drehe ich mich auf meine Knie und rapple mich vorsichtig auf. Für eine Sekunde stehe ich auf meinen Füßen, bevor ich erneut den Halt verliere und wegrutsche. Lucien greift reflexartig nach mir, packt mich an der Taille und zieht mich dicht zu sich heran. Wir sind uns so nahe, dass sich unsere Nasenspitzen berühren. Ich kann seinen heißen Atem auf meinem Gesicht spüren und seine Hände auf mir. Trotz des dicken Pullovers habe ich das Gefühl, sie würden mich verbrennen. Hitze flammt in mir auf und das Pochen meines Pulsschlags erreicht meine Wangen. Jede Stelle in meinem Körper glüht und droht mich von innen heraus zu verbrennen. Alles um mich herum scheint wie in Zeitlupe zu geschehen. Wie die vereinzelten Schneeflocken auf uns herabrieseln und mein Gesicht benetzen. Keiner von uns sagt etwas. Wir stehen einfach nur da und schauen uns an. »Lucien, ich glaube, du kannst mich wieder loslassen«, hauche ich mit erstickter Stimme.

»Bist du dir sicher?«, fragt er mit ungewohnt leiser Stimme. Ich nicke und wende rasch meinen Blick ab. Langsam nimmt er seine Hände von meiner Taille. Es fühlt sich falsch an und jede Faser meines Körpers wünscht sich seine Nähe zurück.

Doch es darf nicht sein. Für Lucien wäre ich sicher nur eine seiner weiteren Eroberungen. Wenn überhaupt. Auch wenn es immer wieder seltsame Momente zwischen uns gibt, weiß ich, dass ich für ihn nie mehr als die Freundin seiner kleinen Schwester sein werde.

Verlegen drehe ich mich von ihm weg und laufe zurück zur Hütte, bevor ich etwas tue oder sage, das ich bereue.

Es ist zwei Stunden her, dass ich vor Lucien auf den Hintern geplumpst bin. Gott, das war so peinlich, dass ich mich am liebsten für den restlichen Tag verkriechen will. Georgie fährt Ski und die anderen zwei Grazien gehen sicherlich shoppen oder sind auf der Suche nach einem reichen Mann, der sie aushält. Und ich? Ich habe mich in die Tal-Therme verzogen. Vielleicht auch, um Lucien aus dem Weg zu gehen, denn ich habe wie immer absolut keine Ahnung, wo er sich rumtreibt. Und mal ehrlich, wirklich niemand sollte unvorbereitet auf jemand wie Lucien treffen. So was kann schlimme medizinische Folgen haben.

Nach zwanzig Minuten völliger Entspannung verlasse ich die Damensauna. Um die Ecke befinden sich einige Kabine, in der ich mir meinen Bikini anziehe, bevor ich zu den Tauchbecken gehe.

Es ist vollkommen leer, keine Menschenseele scheint heute hier zu sein. Vermutlich sind alle auf der Piste. Was natürlich auf der Hand liegt, denn wenn man in ein Skigebiet fährt, geht man natürlich auch Skifahren. Alle außer mir. Für mich ist es perfekt hier! Es ist ruhig und ich kann entspannt meine Bahnen ziehen. Ich habe bereits mehrfach das Becken durchquert, als mich plötzlich etwas am Fuß festhält und ich erschrocken aufschreie. Wild rudere ich mit den Armen, schlage unkontrolliert um mich und strample mit den Füßen, damit ich nicht untergehe. Ich sammle die Luft in meinen Lungen, um erneut nach Hilfe zu schreien, als zu meinem Entsetzen oder vielleicht auch zu meiner Erleichterung Lucien wenige Zentimeter neben mir aus dem Wasser auftaucht.

Seine Haare hängen ihm in die Stirn. Ich blinzle ein paarmal, um wieder klar sehen zu können, doch was ich jetzt deutlich wahrnehme, ist, dass Lucien sogar begossen wie ein nasser Pudel wahnsinnig heiß aussieht. Vereinzelte Wassertropfen fliegen durch die Luft und spritzen erneut in mein Gesicht, als er den Kopf schüttelt und somit seine Haare vom Wasser befreit.

»Da ist wohl jemand kitzlig?!« Sein freches Grinsen ist entwaffnend.

»Scheiße, Lucien, was soll der Mist? Du hast mich zu Tode erschreckt.«

»Es ist auch schön, dich zu sehen, Em. Wieso bist du nicht mit Georgie Skifahren?«

»Weil ich es bevorzuge, ohne Bänderriss ins neue Jahr zu starten.«

Er schmunzelt. »Ohne Bänderriss vielleicht, doch wie geht es deinem Hinterteil?«

Gute Frage. Ich bin hierhergekommen, weil ich gehofft habe, dass das warme Wasser meinen Schmerz lindert, doch da lag ich falsch. Immerhin ist es entspannend. Zumindest bis eben.

»Was willst du hier Lucien?«

»Ich schätze, das Gleiche wie du!«

»Fährst du kein Ski?«

»Nein, ich bevorzuge Snowboards, doch heute war mir nach Spa.«

»Interessant. So mit allem Drum und Dran? Maniküre, Pediküre und einer guten Fußreflexzonenmassage?«

Er grinst. »So was Ähnliches. Mit Massage bist du nahe dran, Kleines.«

»Nenn mich nicht so!«

»Wie soll ich dich denn nennen? Verfrorene kleine Emi?«

»Nur Em.«

»In Ordnung, wenn du mir erzählst, wieso du über die Weihnachtsfeiertage allein hier bist? Wo ist Tom, dein Freund?«

»Nicht hier, wie du siehst«, sage ich etwas pampiger als gewollt.

»Das sehe ich, in der Tat.« Lucien runzelt die Stirn.

»Es gibt keinen Freund mehr, okay!«

»Das tut mir leid«, sagt er mitfühlend, doch ich glaube ihm die Worte nicht.

»Ach echt?«

»Ja! Für ihn.« Lucien schaut mir so tief in die Augen, dass ich den Blick senke und schwer schlucken muss.

Eine Weile herrscht seltsames Schweigen zwischen uns, bis er es durchbricht. »Wie auch immer, Em, wir sehen uns später. Viel Spaß noch beim Planschen.« Er zwinkert mir zu, taucht ab und schwimmt zum anderen Ende des Beckens. Ich beobachte, wie er lässig die Stufen hinaufsteigt und mir einen verdammt heißen Anblick auf seinen nackten Hintern verschafft.

Oh mein Gott! Schlagartig wird mir bewusst, dass er die ganze Zeit keine Badehose getragen hat. Er greift nach seinem Handtuch und mir läuft das Wasser im Mund zusammen. Wie kann ein Mann so verdammt heiß sein in allem, was er tut?

»Übrigens ist das ein FKK-Bad. Du solltest dir deine Klamotten ausziehen, bevor du noch ein öffentliches Ärgernis erregst.« Lucien schaut über seine Schulter und grinst mich frech an, verschwindet dann aber, ohne sich noch einmal zu mir umzudrehen, aus dem Spa-Bereich.

Völlig erschöpft lasse ich meinen Kopf nach hinten auf den Beckenrand sinken. Nur schwach dringen seine Worte zu mir durch? Ärgernis? Ich dachte, das geht nur umgekehrt, also wenn man zu viel nackte Haut zeigt. Und verdammt, was, wenn ich ihn ins Becken hätte steigen sehen? Dann hätte ich einen direkten Blick auf seinen …? Himmel! Das werden wirklich verflucht lange Weihnachtstage.

Gegen späten Nachmittag liege ich in eine kuschlige Decke eingewickelt mit meinem Buch auf dem Sofa. Der Kamin knistert und ich schließe für einen Moment die Augen, genieße die Stille, bis mich das Klingeln meines Handys aus den Gedanken reißt.

Irritiert schiebe ich die Decke zur Seite und ziehe mein Handy aus der Hosentasche.

Tom, mit einem Mittelfinger dahinter, leuchtet auf dem Display auf.

Oh, bitte nicht. Ich drücke auf ‚*Anruf ablehnen*' und lasse meinen Kopf nach hinten auf die Couchlehne sinken.

Wieso kann er mich nicht einfach in Ruhe lassen? Immerhin haben wir alles geklärt. Es ist aus und vorbei.

Ein weiterer Ton erklingt, ich schaue erneut auf mein Display.

Eine neue WhatsApp.

Verflucht, was muss ich tun, damit dieser Kerl begreift, dass er bleiben kann, wo der Pfeffer wächst.

Ping. Eine weitere Nachricht.

»Leck mich«, brülle ich und greife nach einem Sofakissen hinter mir, um es quer durch den Raum zu schmeißen. Beinahe wäre es in den Kamin geflogen, was schon schlimm gewesen wäre, doch es landet direkt vor Luciens Füßen, der gerade den Wohnbereich betritt.

»Danke für die Aufforderung, Kleines«

»Sehr lustig.« Ich rolle mit den Augen.

Lucien bückt sich, hebt das Kissen auf und setzt sich neben mir auf das Sofa.

»Ernsthaft, du fackelst hier beinahe die Hütte ab. Was ist los?«

Ich deute auf das Handy vor mir auf dem Tisch. Das Display leuchtet noch immer, da in der Zwischenzeit bereits die vierte, fünfte oder sechste Nachricht eingegangen ist.

»Wieso ist hinter dem Namen deines Freundes ein Mittelfingeremoji?«

»Ex-Freund, bitte! Und warum wohl? Weil er ein Arschloch ist.«

»Entschuldige. War ein Versehen.« Er lehnt sich nach vorne über die Sofalehne und faltet seine Hände. »Erzähl, was hat er angestellt? Und sag jetzt nicht wieder, du willst nicht darüber reden.«

»Lucien, du musst nicht so tun, als interessierst du dich für meine Beziehungsprobleme.«

»Es interessiert mich aber. Du warst mit Tom schon wie lange zusammen? Zwei Jahre?«

»Fast drei.«

»Okay, warte hier. Ich bin gleich wieder da.« Lucien schlendert durch den Wohnbereich und verschwindet in der Küche. Wieso hat er immer noch kein Shirt an? Besitzt er keine sauberen mehr oder will er mich beeindrucken? Pah, als hätte ich noch nie so ein fantastisches, makelloses, hinreißendes Sixpack sehen.

Ich höre Geschirrklappern und dann die Mikrowelle summen. Macht er sich etwas zu essen?

»Ey, Lucien, sag mal, besitzt du keine Oberteile?«

Mit einer dampfenden Tasse kommt er zurück zum Sofa.

»Möglich. Oder ich will nur angeben.«

»Angeben? Mit was?«, frage ich neckend.

»Vorsicht Kleines, ich bin mit heißer Schokolade, in der einzelne Marshmallows schwimmen, bewaffnet.« Er stellt die Tasse vor mir auf den Tisch.

Ich räuspere mich. »Danke.« Niemals hätte ich mit so einer süßen Geste gerechnet.

Ich greife nach der Tasse und nehme einen kleinen Schluck, bevor ich sie wieder abstelle.

»Los, jetzt erzähl schon, was dieses Arschloch angestellt hat.« Auffordernd schaut er mich an, doch ich zögere. Er ist der Bruder meiner besten Freundin. Zudem will ich ihm nicht erzählen, warum die Beziehung zu Tom gescheitert ist.

»Kleines, ich habe ihn zwar vor meinem Studium in Amerika nur einmal kurz gesehen, aber ich erinnere mich noch daran, dass ihr wie zwei verdammte Magnete aneinandergeklebt habt. Die Verliebtheitsphase ist rum, das ist normal, aber ich glaube nicht, dass du dich deshalb von ihm getrennt hast.«

»Du kennst dich mit der Verliebtheitsphase aus?« Ich ziehe die Augenbrauen hoch.

»Vielleicht tue ich das ja.«

Ich schaue auf die Decke und zupfe mit den Fingern an der flauschigen Ecke herum.

»Es hat einfach nicht mehr gepasst. Ich wollte Dinge, die er mir nicht geben konnte.«

»Was konnte er dir nicht geben?«

»Ähm, Lucien, das ist echt zu privat. Das kann ich dir nicht erzählen.«

»Verstehe. Es geht also um Sex?«

»Was? Nein … Es hat überhaupt nichts damit zu tun.«

»Lügnerin. Ich sehe, wie du errötest. Und mit der Zunge deine Lippen benetzt. Das tust du immer, wenn du verlegen bist.«

Ob ich mich fragen sollte, woher er das weiß? Mit Sicherheit, doch mein Herz schlägt wie wild in meiner Brust und ich habe Mühe, meine zitternden Hände zu verbergen. Mit ihm über so ein Thema zu sprechen ist absurd und mehr als peinlich.

»Danke für die heiße Schokolade, doch ich sollte jetzt wieder auf mein Zimmer gehen.«

»Schon gut. Bleib. Ich wollte dich hier nicht verscheuchen.« Er steht auf und verschwindet in Richtung Flur.

Verdammt, ist das peinlich. Wieso hat er das so schnell erraten? Ging es ihm mit seiner Ex-Freundin Nina auch so? Von Georgie weiß ich, dass sie sich nach einem Jahr bereits wieder getrennt haben. Kurz bevor er letztes Jahr im Sommer nach Amerika ging. Doch die Entfernung war angeblich nicht der Grund der Trennung, sondern dass er sie betrogen haben soll. Was wirklich dahintersteckt, keine Ahnung, doch diese Tatsache sollte ich nicht so einfach verdrängen.

»Lucien, warte …«

Er bleibt im Türrahmen stehen und schaut mich neugierig an.

»Hast du Nina betrogen?« Zuerst sehe ich Verwirrung und dann Enttäuschung auf seinem Gesicht aufblitzen.

»Was denkst du?« Mit diesen Worten lässt er mich endgültig allein im Wohnbereich zurück.

Mist! Wieso musste ich so damit rausplatzen? Er hat mich einfach ungewiss zurückgelassen. Was denke ich? Nach allem, was ich aus seiner Vergangenheit weiß, müsste ich annehmen, dass er es getan hat. Aber was, wenn nicht? Gott, kann ich wirklich objektiv sein? Oder will ich nur glauben, dass er treu und im Herzen gut ist?

Als ich gegen frühen Abend in die Küche komme, sehe ich Georgie bereits wild herumwuseln.

»Em, du kommst zur richtigen Zeit. Das Essen ist gleich fertig, kannst du bitte anfangen, den Tisch zu decken?«

»Na klar. Es riecht übrigens richtig lecker.« Ich luge in den Topf. Selbstgemachte Tomatensoße. Perfekt! »Wo hast du die frischen Zutaten her?«

»Lucien war für mich einkaufen und ein paar Dinge habe ich vorhin noch schnell unten im Tal besorgt.«

»Du bist die Beste, ohne dich würden wir uns hier alle nur von Toast und Wasser ernähren.«

Ich öffne ein paar Schränke und Schubladen, bis ich Besteck und Geschirr finde.

»Wie war dein Tag? Hast du dich gut amüsiert?«

Ich stelle die Teller auf den Tisch, während ich antworte: »Ja, ich habe es mir auf dem Sofa bequem gemacht. Lucien hat sich ein paar Minuten zu mir gesetzt. Und du? War der Shoppingmarathon erfolgreich?«

Ich sehe, wie Georgie in ihrer Bewegung, die Soße umzurühren, innehält. »Lucien war hier bei dir?«

»Ja, wieso?«

»Er wollte eigentlich mit einem Freund, der auch hier ist, Skifahren gehen. Komisch …«

»Mhm, okay. Ja, er hat meinen Wutausbruch mitbekommen und wollte mich nur aufziehen, kennst ihn ja.« Ich versuche, das Ganze abzutun, und decke weiter den Tisch.

»Oh, Em, du musst nur für vier Personen decken, Lucien wird zum Essen nicht da sein.«

»Wieso? Wo ist er?« Bevor ich es aufhalten kann, habe ich die Worte schon ausgesprochen.

»Er ist zum Feiern in der neuen Après-Ski-Bar, die gestern aufgemacht hat. Seit wann interessiert dich das?«

»Nur so! War reine Neugierde. Umso besser, dann bleibt für uns Mädels mehr von dem köstlichen Essen.“ Ich lächle Georgie an, bevor ich die Servietten falte und das Besteck darauflege.

»Kann ich dir noch was helfen?«

»Ja, hol die anderen Mädels, wir können in ein paar Minuten essen.«

»Mach ich.« Bevor ich die Küche verlasse, hält sie mich an der Hand fest.

»Süße, ich muss dich nicht daran erinnern, wie sprunghaft Lucien ist, oder? Dass er in einer Minute lieb und nett und in der anderen ein Arschloch sein kann.«

»Georgie, ich kenne ihn, seit wir Kinder sind.«

»Gut!« Mehr sagt sie nicht, geht zurück an den Herd und schüttet die Spaghetti ab.

Verwirrt gehe ich den langen Flur entlang, um die Mädels zum Essen zu holen.

Georgie hat mich eben vor ihrem Bruder gewarnt. So viel steht fest. Das heißt, sie muss ahnen, dass ich mich zu Lucien hingezogen fühle. Verdammt! Ich muss besser aufpassen, was ich sage.

Natürlich muss sie mich nicht daran erinnern, dass Lucien kein Kind von Traurigkeit ist und mehr Frauen in seinem jungen Leben hatte, als er zählen kann. Doch irgendwie, ... ach, keine Ahnung. Es ist etwas an ihm, das mich nicht loslässt. Das ihn für mich ganz allein will. Ich bin verloren. Völlig am Arsch und sicher eine der Frauen, denen ich eine reinhauen würde, wenn ich beobachte, dass sie einem Bad Boy hinterhersabbert.

Lucien kann verdammt charmant und beschützend sein. Vielleicht habe ich mich deswegen in ihn verliebt. Kopfschüttelnd löse ich mich aus meinen Gedanken und klopfe bei Jenny und Samantha, um sie zum Essen zu holen.

Lautes Poltern reißt mich aus dem Schlaf. *Was war das?* Ich knipse die Nachttischlampe an und setze mich auf. Vom Flur nehme ich lautes Gekicher, gefolgt von einem ermahnenden Pssst, und lautes Poltern war.

Okay, keine Einbrecher, so viel steht fest. Die würden definitiv nicht solch einen Lärm machen. Dennoch schlage ich unsicher die Decke zurück und steige aus dem Bett. Leise tapse ich auf Zehenspitzen zur Tür, öffne sie vorsichtig einen Spaltbreit und linse in den Flur. Es ist dunkel und doch erkenne ich die Umrisse zweier Personen durch den Mondschein, der durch das Fenster scheint.

Ist das Lucien, der dort von rechts nach links durch den Flur taumelt? Und wichtiger noch, wer ist die Frau, die er in seinem Arm hält? Sie kichert, als er sie von hinten in sein Zimmer schiebt und die Tür verschließt. War das ..., ist das Jenny? Das kann nicht sein, das wäre einfach zu widerlich. Immerhin sind beide miteinander verwandt. Selbst für Lucien wäre die Tatsache zu abartig. Meine müden Augen können mich unmöglich trügen, denn ich erinnere mich, dass Jenny auch nicht zum Essen da war. Sie muss es sein. Sie muss die Frau sein, die gerade Luciens Bett wärmt. Völlig überfordert schlage ich die Hand vor den Mund, um nicht aufzuschreien. Wie in Trance schließe ich meine Tür und lehne mich mit dem Rücken gegen das harte Holz.

Ich schlucke den Kloß hinunter, der sich in meinem Hals gebildet hat. Mein Herz schlägt viel zu schnell. Eine einzelne Träne kullert mir die Wangen hinunter und ich schließe die Augen, um den Schmerz, der sich in meiner Brust breitmacht, zu unterdrücken.

Wieso trifft mich der Anblick mit einer anderen Frau so sehr? Weil es Jenny ist und somit absolut eklig? Immerhin hatte er früher schon Frauen. Aber vielleicht, vielleicht habe ich mir alles nur eingebildet und es ist nicht … doch bevor ich meine Gedanken in eine positive Richtung lenken kann, höre ich lautes Atmen, kehliges Stöhnen und weibliches Wimmern aus Luciens Zimmer.

Bitte nicht! Ich will das nicht. Ihn mit einer anderen zu sehen, ist eine Sache, aber zu hören, wie er sich mit ihr vergnügt, wie sie ihn genießt und er sich ihr hingibt, zerreißt mich beinahe vollständig.

Wie absurd. Wie verrückt. Wie verdammt peinlich.

Ich stoße mich von der Tür ab und gehe mit schnellen Schritten zurück ins Bett. Da schnappe ich mir die Decke, wickle mich darin ein und ziehe das Kissen über meinen Kopf. Wie ein Embryo rolle ich mich zusammen und versuche, mich selbst zu halten. Wie ein Baby wiege ich mich hin und her und lasse meinen Emotionen freien Lauf. Ich weine und weine und schwöre mir, dass morgen ein neuer Tag ist und ich alles, vor allem Lucien, ein für alle Mal hinter mir lasse. Das Stöhnen wird lauter und ich ziehe das Kissen dichter um meinen Kopf. Ich will und kann mir das nicht mit anhören. Es ist zu viel. Einfach zu viel.

Manchmal ist es wichtig,

über seine Komfortzone hinauszugehen.
Neue Dinge auszuprobieren, die einem im ersten Moment vielleicht Angst machen.
Es besteht die Möglichkeit, dass du Eigenschaften an dir entdeckst, die du zuvor nicht kanntest.
Dass du viele neue Fähigkeiten erlernst, die du dir zuvor niemals zugetraut hättest.
Alles Neue im Leben bringt dich weiter.
Wohin? Keine Ahnung. Aber vorwärts ist immer der richtige Weg.

Kapitel 3

Zwei Tage vor Heiligabend

Gähnend betrete ich die Küche und reibe mir den Schlaf aus den Augen. Letzte Nacht war der absolute Horror und ich habe noch Stunden, nachdem Lucien und Jenny …, kein Auge zugemacht. Meine Augen brennen und ich fühle mich innerlich leer. Völlig in Gedanken versunken greife ich nach der Kaffeekanne, um mir eine Tasse einzuschenken, als ich im Augenwinkel jemanden wahrnehme. Erschrocken zucke ich herum. Zuerst habe ich angenommen, es ist Lucien, doch vor mir sitzt ein völlig fremder Mann am Küchentisch.

»Ähm …, entschuldige, aber wer bist du und was machst du in unserer Küche?«

Der Typ strahlt mich mit seinen Augen an, während er den letzten Bissen seines Frühstücks in den Mund stopft.

Als er endlich fertig gekaut und die Krümel von seinen Händen abgeschüttelt hat, antwortet er mir endlich. „Ich bin Steve, ein Kumpel und Studienkollege von Lucien.«

»Oh, cool. Schön dich kennenzulernen. Ich bin Emily, aber meine Freunde nennen mich Em.«

»Freut mich auch, dich kennenzulernen, Emily. Ich bevorzuge, es mir zu verdienen, dich bei deinem Spitznamen nennen zu dürfen. Du bist also das Mädchen, von dem Lucien mir ständig erzählt.«

»Ich? Öhm ja, also ich bin die beste Freundin seiner kleinen Schwester Georgie.«

»Ja, sie durfte ich heute Morgen auch schon kennenlernen.«

»Wann bist du denn angekommen?«, frage ich, während ich merke, dass ich noch immer die Kaffeekanne in der Hand halte. Ich schenke mir Kaffee ein und lehne mich mit der heißen Tasse zwischen den Händen an die Küchenzeile.

»Gestern Nachmittag. Ich hatte eigentlich ein Zimmer im Rivera-Hotel unten im Tal gebucht. Allerdings gab es da irgendwelche Schwierigkeiten mit der Buchung. Anscheinend wurde mein Zimmer doppelt belegt. Lucien hat mir dann spontan angeboten, eine Nacht in der Hütte zu schlafen, bis morgen ein anderes Zimmer frei wird.«

»Georgie hat gestern erwähnt, dass Lucien mit einem Kumpel feiern ist. Das warst dann wohl du.«

»Richtig! Was ist mit dir? Du siehst irgendwie abgeschlagen aus, ist alles okay?«

»Schlecht geschlafen! Ehrlich gesagt, ist Winterurlaub nicht meins. Ich bevorzuge Strand und Palmen.«

»Ich könnte jetzt sagen, das tue ich auch, aber ich liebe das Snowboarden.«

Ich lächle und nippe einmal kurz an meinem Kaffee. »Lucien und du gehen auf die gleiche Uni?«

»Das tun wir und wir teilen uns ein Apartment in der Nähe des Campus.«

»Klingt gut! Wie ist das Leben so als Student?«

»Sagen wir mal so, das Anstrengendste sind nicht die Klausuren. Jede Nacht eine andere Party. Um ehrlich zu sein, verliert man nicht nur das Zeitgefühl, sondern hat auch absolut keine Ahnung mehr, welcher Wochentag ist. Wenn man zur richtigen Zeit in den richtigen Kursen sitzt, ist das ein Glückstreffer.«

»Oh, wow! Das solltest du vielleicht beim nächsten Familiendinner nicht erwähnen.«

Steve lacht. »Vermutlich nicht. So ist eben die Uni in den Staaten. Ich hoffe nur, meine Leber übersteht noch das letzte Jahr.«

»Klingt nach einer echten Herausforderung.«

»Für meine Gesundheit allemal. Wie Lucien, dieser verrückte Weiberheld, es schafft, jeden Abend noch einen hochzukriegen, bewundere ich. Nein, ich bin sogar verdammt neidisch.«

»Wow, okay! Das will ich gar nicht wissen.« Angewidert verziehe ich das Gesicht und nehme einen erneuten Schluck aus meiner Tasse.

»Sorry, aber ernsthaft, sogar die Dozenten bewundern ihn. Wobei sich die Bewunderung vermutlich eher auf die Ausbeute des weiblichen Geschlechts bezieht. Nicht, weil seine Leber so viel aushält. Was die Dozentinnen betrifft, die machen ihm ständig schöne Augen. Eine Schnecke abzubekommen, wenn er anwesend ist, ist beinahe unmöglich. Dieser Mistkerl. Doch gestern, gestern habe ich das Mädchen bekommen.«

Er lässt die Augenbrauen tanzen und wenn das Ganze hier nicht die reinste Folter wäre, würde ich lachen.

»Hey Kumpel, wie wäre es, wenn du dich mal fertigmachst, wir wollen gleich los.« Lucien taucht plötzlich in der Küche auf und mustert Steve mit einem vernichtenden Blick.

»Immer noch sauer, weil ich das Mädchen bekommen habe?«

»Du hast sie bekommen, weil ich sie dir überlassen habe, das ist alles.«

Angewidert schaue ich zwischen den beiden hin und her.

»Überlassen? Du spinnst ja wohl«, echauffiert sich Steve und erhebt sich von seinem Stuhl.

»Na, wenn du meinst.« Lucien rollt die Augen und sein Blick bleibt auf mir hängen.

»Boah. Igitt, Jungs, erspart uns Frauen euer Schwanzmessen.« Georgie tritt zu mir und ich sehe auch, wie die anderen sich langsam im Wohnbereich versammeln. Sie sind in voller Skimontur und damit beschäftigt zu kontrollieren, ob sie alles Wichtige eingepackt haben.

Lucien mustert mich noch immer von Kopf bis Fuß. Ich trage einen Pullover und kurze Schlaf-Hotpants.

»Du solltest dir vielleicht mal was anziehen und hier nicht halb nackt vor meinem Kumpel herumtanzen.«

Ich reiße die Augen auf. Jenny hat ihm gestern wohl alle Gehirnzellen herausgevögelt oder zum Platzen gebracht.

»Kumpel, ich glaube, sie kann tragen, was sie möchte.«

Luciens Blick schnellt zu Steve und beide tauschen einen stummen Schlagabtausch aus. Herrgott, was ist hier los?

Georgie schaut zwischen Lucien und Steve irritiert hin und her, dann zu mir. Ich zucke selbst völlig überfordert mit den Achseln.

»Was ist mit dir? Du kommst doch wohl auch mit, oder?«, fragt mich Steve.

Ich schüttle den Kopf.

»Du willst doch hier nicht den ganzen Tag allein herumsitzen.«

»Das ist kein Problem. Ich habe einiges zum Lesen dabei.«

»Süße, das hast du gestern schon den halben Tag gemacht. Wir sind hier im Urlaub. Los, schmeiß dich in deinen Skianzug, damit wir loskönnen«, mischt sich jetzt auch noch Georgie ein.

Bevor ich antworten kann, zieht Jenny meine volle Aufmerksamkeit auf sich, als sie zu Lucien rüberschlendert und sich bei ihm einhakt. Doch ihr Blick bleibt an Steve hängen. Was geht hier, verdammt noch mal, am frühen Morgen ab? Hatten die einen Dreier oder was? Gott, ich muss mich gleich übergeben.

»Wirst du mir zeigen, wie man richtig Snowboard fährt?«, fragt Jenny mit einer quiekigen Stimme.

Mein Blick trifft auf Lucien, und obwohl ich das gar nicht will, stört mich der Anblick von dieser dummen Ziege an seiner Seite.

»Mal sehen«, antwortet er ihr, ohne mich aus den Augen zu lassen.

Ich beiße mir auf die Lippen und stelle meine Tasse etwas lauter als beabsichtigt auf die Küchenablage hinter mir.

»In Ordnung. Ich komme mit. Bin gleich da, ich ziehe mich um.«

In meinem Zimmer krame ich meinen Skianzug mit Unterwäsche aus dem Koffer. Eigentlich habe ich die Sachen extra nicht ausgepackt, da ich wirklich nicht vorhatte, Ski zu fahren.

Aber bestimmte Situationen erfordern besondere Maßnahmen. Auf keinen Fall werde ich hier herumsitzen, wenn Jenny an Lucien hängt wie ein klebriger Kaugummi am Schuh.

Hat Steve von Jenny gesprochen oder von einer anderen, die er gestern abgeschleppt hat? Ich bin mir sicher, ich habe Lucien gestern Nacht gesehen. Himmel, ich werde noch verrückt.

Eilig entledige ich mich meiner Kleidung. Gerade will ich in die wärmende Unterwäsche steigen, als ich jemanden in der Tür stehen sehe. Ich spüre sofort, dass es Lucien ist.

Hektisch drehe ich mich um und versuche, irgendein Kleidungsstück zu erreichen, um damit meinen halb nackten Körper zu verdecken. Lucien lehnt derweil lässig im Türrahmen. Ich erwarte schon, dass er mich amüsiert angrinst, doch seine Miene ist wie versteinert.

»Lucien, scheiße ... raus aus meinem Zimmer.« Ich werfe einen meiner Hauspantoffel nach ihm. Er weicht ihm aus und jetzt legt sich das gewohnte Lächeln, was mich immer wieder um den Verstand bringt, auf seine Lippen.

»Mir gefällt die Aussicht eigentlich ganz gut.«

»Du kannst nicht einfach in mein Zimmer kommen. Zudem, wo du wusstest, dass ich mich umziehen will.« Ich stürme wütend auf ihn zu, wobei ich vergesse, dass ich bereits in das eine Hosenbein gestiegen bin. Ungeschickt stolpere ich nach vorn, versuche mich am Bettpfosten festzuhalten, doch es gelingt mir nicht und ich lande mal wieder in Luciens Armen.

»Bist du okay?«

»Ja, ich lebe noch.«

»Kleines, es wird langsam zur Gewohnheit, dass du dich in meine Arme schmeißt. Ich könnte annehmen, du machst das mit Absicht.«

Lucien zieht mich fest an sich heran, doch ich vermeide ihn anzusehen. Verlegen, da ich kaum etwas anhabe, blicke ich zu Boden.

»Du musst gehen.«

»Sicher?«, fragt er, wobei seine Fingerspitzen langsam über meine nackten Arme streifen.

Ich nicke erneut. »Was, wenn uns die anderen hier drin zusammen sehen?«

Lucien hält mitten in seiner Bewegung inne, und als ich zu ihm aufschaue, sehe ich, wie seine Miene sich erneut verfinstert. Wieso hat er heute solche verdammten Stimmungsschwankungen? Man sollte annehmen, der Fick mit Jenny sollte ihn beflügelt haben und nicht zu einem Brummbären mutieren lassen. Vielleicht war die Nacht doch nicht so gut, wie sie sich angehört hat. Mir kommt ein verschmitztes, gehässiges Lächeln über die Lippen.

»Wieso lachst du? Du machst dir Sorgen, dass die anderen uns hier drin zusammen sehen? An wen denkst du da, an Steve?«

»Steve?« Jetzt bin ich wirklich irritiert. Was ist nur los mit Lucien?

»Ja, Steve. Was läuft da zwischen euch?«

Ich bin so perplex über Luciens scharfe Tonlage, dass ich sogar vergesse, dass ich immer noch halb nackt bin.

»Nichts läuft zwischen uns. Immerhin habe ich ihn eben erst kennengelernt.«

»Du scheinst sehr von ihm angetan zu sein.«

Ich zucke mit den Schultern. »Er ist nett.«

»Nett? Steve ist ein verdammter Frauenaufreißer, der alles fickt, was nicht bei drei auf dem Baum ist.«

Beinahe muss ich lachen. »Witzig, genau das Gleiche hat er über dich gesagt.«

»Verdammt, Em. Ich will, dass du dich von ihm fernhältst.«

»Ach, das willst du, ja? Du kannst ja versuchen, deiner kleinen Schwester solche Vorschriften zu machen, aber bei mir hast du kein Recht dazu.«

»Em, ich meine es ernst.«

»Ja, ich auch, und jetzt verschwinde endlich aus meinem Zimmer. Sofort!«

Lucien beißt sich auf die Lippen und öffnet den Mund, um etwas zu sagen, doch dann dreht er sich um. Ich sehe noch, wie er sich durch die Haare fährt, als er die Zimmertür hinter sich schließt.

Scheiße, was war das gerade? War das Lucien, der so mit mir gesprochen hat? Ich habe ihn noch nie so erlebt. Keine Ahnung, was in ihn gefahren ist. Gestern vögelt er Jenny und jetzt will er mir verbieten, mich mit einem seiner Freunde zu unterhalten. Ich weiß echt nicht, was ich von all dem halten soll, aber Lucien verhält sich verdammt merkwürdig.

Eine halbe Stunde später stehen wir alle gemeinsam vor der Gondel, die uns auf die Piste bringt. Steve und Lucien sind mit ihren Snowboards bewaffnet. Georgie und Jenny tragen ihre Skier, nur Samantha und ich besitzen noch keine Ausrüstung.

Ich schaue mich um und beobachte, wie die ganzen Leute wild herumrennen und versuchen, so schnell es geht, eine Gondel zu ergattern.

Lucien kommt auf mich zu und drückt mir einen Pass in die Hand. »Den darfst du nicht verlieren.«

»Danke.« Ich schaue ihm in die Augen und kann nicht deuten, was ich darin sehe. Sie strahlen die gleiche Wärme wie immer aus, aber ich sehe auch so etwas wie Traurigkeit in ihnen. Seine Worte hingegen deuten nicht darauf hin, dass ihn etwas bedrückt.

»Übrigens Em, wie geht es deinem Hinterteil heute?«

Ich laufe rot an. »Gut. Vielen Dank«, antworte ich zähneknirschend.

»Hinterteil? Was ist passiert? Ist das Spanking etwas ausgeartet?«, will sein neugieriger Freund grinsend wissen.

»Nein, sie ist …«

Ich unterbreche Lucien. »Ich bin gestern vor der Tür ausgerutscht, mehr nicht.« Sorry, aber ich will wirklich nicht seinem Kumpel erklären, wie tollpatschig ich bin, und ihm sagen, dass mein Hintern mich umbringt.

»Dann solltest du heute langsam machen und aufpassen, dass du dich nicht wieder verletzt«, sagt Steve und sieht mich betroffen an.

Mit hochgezogenen Augenbrauen mustere ich ihn, da ich das Gefühl habe, er möchte mich auf die Schippe nehmen.

»Das war ernst gemeint«, schwört er und hebt beschwichtigend die Hände.

»Oh, okay.« Ich lächle Steve zuckersüß an, was Lucien, der uns von der Seite mustert, ein tiefes Brummen entlockt.

Natürlich weiß ich, dass ich mir geschworen habe, mich von Lucien fernzuhalten. Weshalb ich ihn jetzt nicht noch reizen sollte, aber die Geräusche und Bilder, die sich seit gestern Abend in meinen Kopf gebrannt haben, wollen einfach nicht mehr verschwinden. Und ich will es ihm irgendwie heimzahlen. Obwohl ich befürchte, dass es ihn überhaupt nicht interessiert, dass ich mit Steve flirte.

»Kannst du Skifahren?«, will Steve von mir wissen und reißt mich damit aus meinen Gedanken.

»Leider nein. Ist mein erster Winterurlaub, um ehrlich zu sein.«

»Wenn du magst, kann ich es dir beibringen.«

Lucien räuspert sich neben mir und ich spüre, wie er sich anspannt. Gestern Nacht noch herumvögeln und jetzt einen auf Macho machen. Vollidiot!

»Das wäre wirklich toll.« Ich lächle Steve erneut an und gemeinsam springen wir in den nächsten Sessellift.

Lucien und Jenny steigen hinter uns ein. Die Mädels dahinter. War ja so was von klar, dass Jenny die Chance nutzt und sich erneut an Lucien heranschmeißt.

Wir werden ja sehen, wer dieses Spiel besser beherrscht, Bitch. Lass das Battle beginnen.

Oben angekommen, sind wir von einem riesigen Menschenauflauf umgeben. Wie es aussieht, stehen die einen in der Schlange für die Skihütte, andere machen sich für die nächste Abfahrt bereit. Aus den Gondeln steigen unzählige Leute aus, aber nur selten jemand ein, um wieder runterzufahren. Wahnsinn. Niemals hätte ich mit solch einer Menschenmasse gerechnet.

»Komm, wir besorgen dir erst einmal Skier.« Steve greift nach meiner Hand und zieht mich mit sich in den nächsten Laden.

»Em …« Ich höre Lucien noch nach mir rufen, doch Steve hat mich bereits in das Geschäft gezogen, in dem Ski-Equipment zu leihen ist.

Nach einer gefühlten Ewigkeit, weil die Menschen an der Theke Schlange standen, besitze ich das Nötigste. Wir steuern eine Sitzbank in der Nähe an und Steve hilft mir, meine Skier anzulegen. Mein Blick wandert immer wieder zu Lucien, der ein wenig abseits noch immer bei Jenny steht und, wie es aussieht, über einen ihrer scheiß Witze lacht.

Mag er sie doch mehr, als ich angenommen habe? Findet er sie vielleicht doch interessant?

Habe ich mich mit dem Vorhaben, ihn eifersüchtig zu machen, übernommen? Was, wenn es nicht klappt und er Jenny will? Hilfe, wieso kann ich mein Gehirn nicht einfach mal abschalten?

»Bist du bereit?«, fragt Steve und reißt mich von meinem Blick auf Lucien los.

»Bin ich das? Keine Ahnung, meine Beine zittern wie Espenlaub.«

Steve lacht. »Das ist normal. Aber wir werden auf die Anfängerpiste gehen. Ich verspreche dir, ich werde auf dich aufpassen.«

»In Ordnung. Lass es uns tun.« Mit Schwung und voller Tatendrang erhebe ich mich.

»Was tun?« Luciens Stimme neben mir lässt mich kurz zusammenzucken.

»Wie gesagt, ich bringe ihr das Skifahren bei.«

»Du? Dir ist aber klar, dass Skifahren nicht das Gleiche wie Snowboarden ist, oder? Wie lange hast du schon nicht mehr auf Skiern gestanden?«

»Keine Ahnung, ist schon ein paar Jahre her, aber das wird schon klappen. Außerdem muss ich ja nicht auf Skiern stehen, sondern Em. Ich werde auf meinem Board neben ihr herfahren und ihr Sicherhcit und die nötigen Anweisungen geben.«

»Ich glaube, ein richtiger Skilehrer wäre da die bessere Wahl.«

»Nein, ich finde es gut, wenn Steve mir das erst mal zeigt, wie man auf den Brettern steht. In so einer Gruppe würde ich mich nicht wohlfühlen und für einen Einzellehrer habe ich nicht die Kohle.«

Lucien und Steve tauschen erneut diese *Bros before hoes* Blicke aus. Männer. Wirklich. Wie soll eine Frau sie verstehen?

Nachdem ich mehrmals mit Steve die Abfahrt heruntergefahren bin – mehr schlecht als gut und eher auf meinem Hintern als auf meinen Füßen, habe ich genug und verabschiede mich von den anderen. Ich gebe die geliehenen Skier wieder ab und suche anschließend eine der Après-Ski-Bars auf, um mich aufzuwärmen und etwas zu trinken.

Die rustikale Hütte ist wie erwartet gut besucht.

Ich gehe direkt an die Theke, setze mich auf einen Hocker und bestelle mir einen Earl Grey Tee.

Der Kellner schaut mich erst irritiert an, da vermutlich die meisten hier eher Hochprozentiges bestellen, doch dann nickt er mir zu. Ich nutze die Zeit, um mich ein wenig umzuschauen. Die ganze Einrichtung besteht aus dunklem Holz. Überall stehen Bänke und unzählige Tische, auf denen in der Mitte auseinandergefaltete karierte Servierten in den Farben Rot und Weiß liegen. Ein riesiger Weihnachtsbaum ragt mitten in der Hütte vom Boden bis an die Decke und wird von Stehtischen eingekreist.

»Bitteschön, ihr Tee.«

Ich drehe mich wieder um. »Vielen Dank.«

»Das macht dann zwei Euro dreißig.«

Als ich in meiner Hosentasche krame, fällt mir ein, dass ich gar kein Geld mithabe. Ich spüre regelrecht, wie mir jegliche Farbe aus dem Gesicht weicht.

»Ich … entschuldigen Sie, aber ich habe meinen Geldbeutel vergessen. Das ist mir noch nie passiert. Ist es möglich, das irgendwie auf die Übernachtungsrechnung zu setzen?« Voller Hoffnung schaue ich ihn an. Gott, ist mir das peinlich.

Der Kellner schüttelt den Kopf. Verdammt, was mach ich denn jetzt? Hektisch schaue ich mich um. Da tritt ein Mann neben mich an die Theke und nimmt auf einem der Hocker Platz.

»Einen Glühwein mit Schuss bitte und den Tee der jungen Dame schreiben sie mit auf meine Rechnung.«

Der Kellner nickt erneut und ich wende mich dem Mann neben mir zu.

»Danke, das ist wirklich nett von Ihnen. So was ist mir noch nie passiert und wahnsinnig peinlich.«

Er winkt ab und lächelt mich an. »Mir ist das im Urlaub schon mehrmals passiert. Bist du allein hier?«

»Nein, meine Freunde fahren noch Ski. Ist mein erster Winterurlaub und ich scheine nicht so begabt auf den Skiern zu sein«, sage ich schüchtern.

Er lacht. »Das kenne ich zu gut. Ging mir vor ein paar Jahren ebenfalls so. Übrigens, ich bin Anthony.«

»Emily.«

Der Kellner bringt den Glühwein. Anthony und ich stoßen an und verfallen in ein anregendes Gespräch.

Plötzlich spüre ich eine bekannte Wärme, die mich umgibt. Ich will gerade zur Tür schauen, als ich ihn sehe.

Lucien tritt an meine Seite und legt seine Hand in meinen Nacken. »Em, kommst du. Die anderen sitzen alle dort hinten am Tisch.«

Ich schaue ihn direkt an. Seine Miene ist versteinert.

»Ihr seid schon fertig? Das ist übrigens Anthony, er war so freundlich, mir einen Tee auszugeben, da ich total vergessen hatte, dass ich gar kein Geld dabei habe«, plappere ich nervös drauflos, da mir Luciens angespannte Haltung nicht entgangen ist.

»Wirklich nett. Kommst du jetzt bitte?« Er schaut mich nicht an, seine Augen ruhen ununterbrochen auf meinem Gegenüber.

»In Ordnung.« Ich rutsche vom Hocker und wende mich Anthony zu.

»Vielen lieben Dank für das Getränk. Hat mich gefreut, dich kennenzulernen.«

Er lächelt. »Die Freude ist ganz meinerseits.«

»Geh schon mal vor«, sagt Lucien zu mir, doch ich bleibe zwischen den beiden stehen.

Lucien schüttelt den Kopf und schiebt mich etwas beiseite, um jetzt direkt vor Anthony zu stehen.

»Was schulde ich dir?«, fragt Lucien.

»Nichts, das geht schon klar. Es war nur ein Tee, kein Luxus-Champagner«, sagt Anthony und winkt ab.

Lucien schüttelt den Kopf und lässt sich nicht abwimmeln. »Würdest du es gut sein lassen?«

Anthony zögert einen Moment und mustert Lucien herausfordernd. Beide liefern sich ein Blickduell, bei dem niemand eine Miene verzieht, bis Anthony schließlich nach gefühlten Minuten anerkennend nickt. »Ich verstehe!«

Lucien greift in die Innentasche seiner Skijacke, zieht seinen Geldbeutel heraus und reicht Anthony einen Fünfeuroschein.

Völlig irritiert mustere ich die Situation.

Anthony nimmt das Geld an sich und streckt Lucien die Hand entgegen. Dieser schüttelt sie, bevor er meine ergreift und mich hinter sich herzieht.

»Lucien, was war das eben?« Beinahe jogge ich neben ihm her, da er so schnell durch die Bar läuft.

»Männerangelegenheiten.«

Ich verdrehe die Augen. Wir treten zu den anderen an den Tisch. Lucien schiebt mich auf die Holzbank, bevor er sich neben mich setzt.

»Lucien …«, versuche ich es erneut.

»Lass es gut sein, Em.«

»Okay, aber du bekommst das Geld von mir später zurück.«

»Auf keinen Fall. Es ist meine Aufgabe, mich um dich zu kümmern«, flüstert er mir zu.

»Ich bin erwachsen, ich kann …«

»Hör auf mit mir zu diskutieren und bedanke dich einfach.«

Durch leicht zusammengepresste Lippen murmle ich ein »Danke« und wende mich Georgie zu, die mich stirnrunzelnd anschaut. Stumm signalisiere ich ihr, dass alles okay ist. In dem Moment kommt Gott sei Dank der Kellner, um unsere Bestellung aufzunehmen.

Geschenke, Festessen, glitzernde Tannenbäume. Diese Dinge machen Weihnachten nicht aus.
Es geht um die Zeit, die wir mit den Menschen verbringen, die wir lieben.

Nichts ist kostbarer.
Nichts ist bedeutungsvoller.
Nichts ist wertvoller.

Wer das versteht, der hat den Sinn von Weihnachten verstanden.

Kapitel 4

Ein Tag vor Heiligabend

Am nächsten Morgen breche ich mit allen anderen ganz früh auf. Wir kommen oben auf der Piste an, als die Sonne noch nicht einmal über den Bergkuppen steht. Es ist heute um einiges kälter und stürmischer, aber das hält mich nicht davon ab, mir die Skier erneut anzuschnallen.

Gestern habe ich mich noch sehr unsicher und wacklig auf den Brettern gegeben, aber heute möchte ich mutiger sein und wirklich Skifahren lernen.

Lucien hat darauf bestanden, dass ich einen vernünftigen Skilehrer bekomme. Ob er Steve nicht zutraut, dass er auf mich aufpasst, oder ob er eifersüchtig ist, kann ich wirklich nicht sagen, ich hoffe auf das Letztere.

Ich verabschiede mich von den anderen und suche die Skischule auf, denn meine Einzelstunde beginnt gleich.

Nach einer kleinen Einweisung stehe ich auf der Übungspiste, während mir Paul, mein heutiger Skilehrer, noch ein paar letzte wichtige Verhaltensregeln erklärt.

Ich bin so konzentriert, dass ich Lucien erst wahrnehme, als er neben mir steht und mich am Oberarm packt.

»Em, wer ist das?«

»Das ist mein Skilehrer Paul. Ich habe jetzt meine erste Stunde.« Stirnrunzelnd schaue ich ihn an, denn immerhin hat er sie für mich gebucht.

»Ja, das stimmt. Aber bei einer Frau, nicht bei einem Mann.« Er deutet abfällig auf Paul.

Es dauert eine Weile, bis ich verstehe, was er sagen will. Lucien hat mir eine Skilehrerin, keinen Skilehrer gebucht. Beinahe muss ich lachen. Vielleicht war er doch eifersüchtig auf Steve. Eins zu null für mich.

Kopfschüttelnd schaue ich Lucien an. »Ich glaube, Paul wird mir viel beibringen. Noch mal vielen Dank, dass du dich um einen Lehrer gekümmert hast.« Ich gehe auf ihn zu und drücke ihm einen Kuss auf die Wange, bevor ich mich wieder Paul zuwende, der mit den Skiern in der Hand schon wartet. Okay, ich weiß, das war eine fiese Nummer, doch wir spielen eindeutig ein Spiel und ich habe vor, dieses zu gewinnen.

Paul hilft mir, die Skier anzulegen, doch ich passe nur halbherzig auf, denn ich schaue immer wieder unauffällig zu Lucien rüber, der mittlerweile bei Georgie und Steve steht, die herumalbern.

Als sein Blick meinem begegnet, schaue ich schnell weg und ergreife Pauls Hand, die er mir schon auffordernd entgegenstreckt.

Nach kürzester Zeit merke ich, wie ich immer sicherer auf den Skiern werde. Paul ist ständig hinter oder neben mir, beobachtet jede meiner Bewegungen. Doch plötzlich spüre ich einen starken Windstoß und danach diese Unebenheit auf der Piste, die mich aus dem Gleichgewicht bringt. Ich versuche, mich abzufangen, schwanke und rudere mit den Armen, was anscheinend mein neues Hobby ist. Doch meine Beine werden auseinandergedrückt, ich kann mich nicht mehr aufrechthalten und stürze. Mit der Hüfte knalle ich auf die Piste. Schützend lege ich meine Hände vors Gesicht, während ich ein ganzes Stück am Hang runterrutsche. Nach endlosen Metern bleibe ich vor Schreck regungslos liegen. Mein Körper zittert und ich spüre den Schmerz an meiner Hüfte ganz deutlich. Bitte, lass nichts gebrochen sein.

Paul kommt neben mir zum Stehen, kniet sich sofort neben mich und dreht mich leicht auf die Seite.

»Emily, geht es Ihnen gut? Sagen Sie doch was.«

Bevor ich antworten kann, höre ich jemanden von Weitem meinen Namen brüllen. *Ist das Lucien?*

»Scheiße, Em!« Ich sehe im Augenwinkel, wie er Paul mit voller Wucht zur Seite stößt.

»Hast du dich verletzt? Geht es dir gut? Bitte, sag etwas.«

»Ich glaube, es ist alles in Ordnung«, flüstere ich und setze mich auf, was mir nicht leichtfällt. Mein ganzer Körper schmerzt.

Lucien schiebt die Skibrille nach oben und mustert mich eindringlich. Er streichelt zärtlich mit den Fingern über meine Wange und ich nehme nichts anderes wahr als die wunderschönsten blauen Augen, die mich besorgt anschauen.

»Du hast mir einen verdammten Schrecken eingejagt, Kleines.«

Sein Blick wandert hinter mich.

»Sie wollen Skilehrer sein? Sie haben wohl eindeutig ihren Beruf verfehlt. Wie können Sie sie auf diese Piste lassen? Ich werde …«

Ich greife nach Luciens Hand, um seine Aufmerksamkeit auf mich zu lenken.

»Es ist nicht seine Schuld. Mir geht es gut. Hilfst du mir bitte auf?«

»Ja, natürlich.« Er schnallt die Skier von meinen Füßen und hebt mich hoch. Ich schlinge ganz automatisch die Arme um seinen Nacken, während er mich fest an sich drückt. Lucien wirft Paul noch einen letzten vernichtenden Blick zu, bevor er seine Skibrille wieder aufzieht und mit mir auf seinen Armen die Piste nach unten ins Tal fährt.

Wie er es schafft, sich auf dem Board zu halten, ist mir ein Rätsel, doch es fühlt sich so wahnsinnig gut an, ihm so nah zu sein. Er beschützt mich und plötzlich ist der Schmerz beinahe vollständig vergessen.

An der Talstation lässt Lucien mich langsam runter, hält mich aber noch fest in seinen Armen.

»Bist du okay? Tut dir irgendwas weh?«

»Nein, mir geht es gut. Nur meine Hüfte hat etwas abbekommen.«

»Ich bring dich zur Sicherheit zu einem Arzt. Was, wenn du gar nicht merkst, dass doch mehr passiert ist und …«

»Lucien!« Ich lege meine Hände auf seine Arme und sehe ihm tief in die Augen. »Ich bin in Ordnung.«

»Ich …« Er fährt sich mit den Händen übers Gesicht. »Du hättest dir das Genick brechen können.«

»Wer wollte denn, dass eine wie ich, die zwei linke Füße hat, Ski fährt?«

»Das war dumm. Ich hätte niemals …«

»Das war ein Witz. Seit wann bist du denn so besorgt? Unfälle passieren. Ich lerne ja noch, also lass uns wieder hochfahren, damit ich weiter üben kann.«

»Auf gar keinen Fall! Ich bringe dich in die Hütte zurück.«

»Was?«

Doch Lucien ignoriert meinen Protest, schnallt das Board unter seinen Füßen ab und gibt es am Info-Center ab, mit der Bitte, es aufzubewahren. Dann nimmt er meine Hand und hebt mich erneut auf seine Arme.

»Was tust du? Lass mich runter, ich kann selbst laufen.«

»Ich bringe dich jetzt nach Hause. Du wirst nicht mehr auf diese Dinger steigen. Zumindest nicht in der nächsten Zeit.«

»Du bist verrückt geworden.«

»Möglich, dass du recht hast. Aber ich werde dich heute und auch sonst nicht verlieren, verstanden?«

Völlig perplex lasse ich über mich ergehen, dass er mich wie ein Kind an den Menschen vorbeiträgt. Er scheint sich tatsächlich Sorgen zu machen. Ich bedeute ihm etwas. Vielleicht sogar mehr, als ich angenommen habe. Mein Herz macht einen Sprung und ich kann das Grinsen auf meinem Gesicht nicht verbergen.

Als wir wenige Minuten später die Hütte betreten, verfrachtet mich Lucien direkt auf die Couch und verschwindet in der Küche, um mit einer heißen Tasse Tee zurückzukehren.

Er reicht sie mir und ich nehme sie dankend entgegen. Er lässt sich mir gegenüber auf dem braunen Sessel nieder und sagt kein Wort, schaut mich einfach nur eine Weile an.

Ich nippe an meinem Tee und versuche, überall anders hinzuschauen als in seine Augen.

Ich ergreife das Wort, um die peinliche Stille endlich zu unterbrechen. »Du musst nicht hier bei mir bleiben. Wenn ich schon nicht mehr Skifahren darf, solltest du wenigstens wieder auf die Piste gehen und Spaß haben. Die anderen warten sicher schon.«

»Die anderen sind mir egal.«

»Mhm … Es ist wirklich lieb von dir, dass du für mich da bist, aber du willst doch sicher zurück …« Ich räuspere mich. »… zurück zu Jenny?« Sofort beiße ich mir auf die Lippen. Mist! Wieso habe ich das gesagt? Rasch spreche ich weiter in der Hoffnung, er hat meine Worte einfach überhört. Was natürlich totaler Blödsinn ist. »Geh ruhig, ich komme schon zurecht. Wirklich.«

»Jenny? Wie kommst du jetzt auf sie?« Mit einem Stirnrunzeln schaut er mich an.

»Nun ja … also … ich dachte …«

»Los, spuck schon aus.« Seine Miene ist aufgeschlossen und dennoch erkenne ich die Verwirrung in seinem Blick.

»Ich habe euch vorletzte Nacht gesehen, wie sie in dein Zimmer geschlichen ist. Ich habe euch auch gehört. Gestern wart ihr den ganzen Tag zusammen auf der Piste, und, na ja, also war meine Schlussfolgerung, dass …«

»… dass zwischen ihr und mir etwas läuft?«

Ich nicke und zupfe etwas verlegen an den Fransen der Decke.

»Also, um direkt mal klarzustellen: Steve und Jenny hatten etwas miteinander. Wir waren feiern. Jenny ist dann mit Steve schon relativ früh abgehauen. Als ich später nach Hause kam, musste ich feststellen, dass sie es sich in meinem Zimmer gemütlich gemacht hatten … Dafür habe ich ihm schon den Kopf abgerissen und dazu verdonnert, mein Bett frisch zu überziehen. Aber dass du denkst, ich und Jenny … Verdammt, sie ist meine Cousine. Und zudem auch überhaupt nicht mein Typ.«

Am liebsten würde ich fragen, was sein Typ ist. Ob ich es bin, doch stattdessen sage ich etwas anderes. »Dass du ihm die Frau überlassen hast, war also ein dummes Geplänkel?«

»Ja und nein! Jenny hat zuerst versucht, bei mir zu landen, aber ich habe kein Interesse an ihr und sie abgewiesen. Daraufhin hat sie es bei Steve versucht und, sagen wir mal so, er nimmt alles, was er kriegen kann.«

»Also so wie du?«

»Nein! Ich bin kein Kind von Traurigkeit, aber ich hätte Jenny haben können und habe sie abblitzen lassen. Und bevor du erneut fragst, nein, ich habe Nina auch niemals betrogen.«

»Ich … es tut mir leid, aber Nina, Jenny und …«

Lucien steht auf, setzt sich neben mich aufs Sofa, schaut mich eindringlich an und hebt beinahe unsicher seine Hand. Zärtlich streicht er mir eine lose Haarsträhne hinter mein Ohr.

»Was hast du nur an dir, kleine Em, dass ich mich nicht von dir fernhalten kann?«

»Fernhalten?«

»Ja, das muss ich … schon zu lange.« Völlig perplex schaue ich ihn an. Ich befürchte, dass ich nur die Hälfte seiner Worte tatsächlich wahrgenommen habe.

»Lucien …« Bevor ich den Mut aufbringen kann, näher an ihn heranzurücken und ihn zu berühren, wird die Tür mit voller Wucht aufgestoßen und die anderen poltern lautstark herein. Lucien erhebt sich und verlässt schnurstracks den Raum.

Ich atme tief aus. Was war das gerade?

Am frühen Abend sind wir alle gemeinsam auf dem Weg ins Tal, um einen kleinen Weihnachtsmarkt zu besuchen.

Wir haben heute früh am Infocenter erfahren, dass er nur noch heute geöffnet hat, und da haben wir beschlossen, unbedingt noch vorbeizuschauen.

Es sind aktuell minus fünf Grad und es schneit. Das perfekte Wetter für einen Bummel über den Weihnachtsmarkt. In einigen Städten in Deutschland ist es beinahe den ganzen Dezember sowie auch an Heiligabend viel zu warm. Es will überhaupt keine besinnliche Stimmung aufkommen. Das ist hier anders. Obwohl ich Kälte normalerweise verabscheue, ist sie geradezu perfekt für diesen Moment.

Steve plaudert mit Lucien; Samantha und Jenny gehen direkt dahinter und Georgie hängt sich bei mir ein, während wir einen langen Pflasterweg hinunterlaufen. Wir passieren einige edle Geschäfte und Après-Ski-Hütten, bis wir vor einem Torbogen stehen, der mit Tannenzweigen und goldenen Glöckchen geschmückt ist. Automatisch lächle ich, während wir hindurchgehen und den Weihnachtsmarkt betreten. Aus der ersten Hütte, die selbst gestrickte Wintermützen verkauft, erklingt lautstark Leise rieselt der Schnee. Mir wird sofort warm ums Herz. Auch wenn ich vermutlich der unromantischste Mensch auf der Welt bin, bin ich dennoch ein absoluter Weihnachtsfreak.

Überall duftet es nach Glühwein, gebrannten Mandeln, Crêpes und schokoladenüberzogenen Früchten. Ich muss mir unbedingt einen kandierten Apfel kaufen, die liebe ich am meisten.

Wir steuern zuerst einen Glühweinstand an, wo wir Mädels uns jeweils einen normalen Glühwein und die Männer einen mit Schuss bestellen.

»Oh, schaut mal, da gibts Schneebälle«, ruft Samantha und stürmt auf den gegenüber stehenden Wagen zu. Wir schauen ihr hinterher und bleiben an der hölzernen Tonne stehen, die als Tisch dient. Mit einer Tüte voller Gebäckkugeln, die durch den Puderzucker tatsächlich wie Schneebälle aussehen, kommt sie zurück.

Da jeder hier und da etwas entdeckt, was er oder sie gern essen möchte, probieren wir noch einige andere Leckereien.

So durchqueren wir den gesamten Marktplatz mehrmals, bis wir mit vollem Magen und einer durch den Alkohol gereizten Leber vor einem doppelstöckigen goldenen Karussell stehenbleiben. Die Stäbe sind mit Girlanden aus Tannenzweigen geschmückt, an denen rote Schleifen hängen. Pferde und Kutschen drehen sich auf der spiegelnden Plattform. Ich klatsche voller Vorfreude in die Hände und flitze wie ein kleines Mädchen zum Kassenhäuschen, um mir ein Ticket zu kaufen.

Bei der nächsten Runde springe ich auf und winke den anderen zu. Ich sehe Georgie aus der Ferne lachen.

»Los, kommt rauf«, brülle ich.

»Auf gar keinen Fall«, schreit Lucien zurück und schüttelt den Kopf.

»Du bist zu einem alten Spießer geworden.«

Das Karussell dreht sich weiter. Lucien und die anderen verschwinden aus meinem Blickfeld. Ich laufe durch die einzelnen Karussellfiguren. Als ich die anderen wieder sehe, ist Lucien nicht mehr bei ihnen. Bevor ich mich fragen kann, wo er ist, zucke ich zusammen, als zwei Arme mich von hinten umschlingen. Ich quieke auf. Beinahe verliere ich das Gleichgewicht, als ich mich umdrehe. Lucien steht grinsend, aber mit hochgezogenen Augenbrauen vor mir.

»Du nennst mich alt und spießig?«

Ich kichere wie ein dummes Schulmädchen, da mir in diesem Moment absolut kein taffer Spruch einfällt. Seine Hände, die jetzt auf meiner Taille über dem dicken Mantel liegen, lassen meine Haut darunter kribbeln.

Mein Herz pocht wie wild in meiner Brust, während ich etwas sagen will.

»Jetzt bist du nur noch alt!«, presse ich erstickt hervor.

»Alt? Ich geb dir alt.« Er hebt mich hoch, als wäre ich so leicht wie eine Feder. Ich kreische erschrocken auf, als er mich über seine Schulter wirft, ein paar Schritte geht und mich dann in eine der offenen Kutschen steckt und die Tür zumacht.

»Du bist so klein und zierlich, dass du sogar in diese winzige Kinderkutsche passt.«

»Hör auf, mich klein zu nennen, nur weil ich …«

»Weil du ein wandelndes Stand…«

»Oh, wage es nicht, das auszusprechen.«

Lucien grinst über beide Ohren, hebt dann die Arme und lässt mich in der Kutsche zurück, während er hinter dem nächsten Fahrgestell verschwindet.

»Oh, warte nur, bis ich dich kriege«, murmle ich vor mich hin, während ich umständlich aus der wirklich verdammt engen Kutsche klettere. Ich renne ihm hinterher. Wir jagen uns auf der drehenden Karussellplattform an den Figuren vorbei. Ich habe Lucien noch nie so ausgelassen lachen gehört. Er ist wie ein kleiner Junge und es beflügelt mich so sehr, dass ich ihm einen Schups von hinten gebe, als ich ihn einhole. Er stolpert und fängt sich mit den Händen an der Karussellwand im Inneren ab. Erschrocken schlage ich die Hände vor den Mund. Hoffentlich hat er sich nicht verletzt. Doch bevor ich mich entschuldigen kann, dreht er sich ruckartig zu mir um, packt mich an den Händen, zieht mich fest zu sich. Dann dreht er sich zusammen mit mir um einhundertachtzig Grad und drückt mich anschließend mit seinem Körper gegen die Wand.

»Jetzt hab ich dich und es gibt kein Entkommen mehr.«

Erneut schlägt mein Herz wie wild. Von dem Herumrennen und weil ich ihm erneut so nah bin. Wir sind beinahe allein. Hier im Inneren, abgeschottet durch die großen Figuren, kann uns niemand sehen. Meine Hände zittern, als ich all meinen Mut zusammennehme und meine Finger vorsichtig auf seine Brust lege. Ich fühle, wie sein Herz genauso stark schlägt, und ich hoffe, es ist meinetwegen.

»Sag, dass ich mich von dir fernhalten soll. Sag es, Em.«

Mein Mund ist ganz trocken und ich knabbere an meiner Lippe, da ich das immer tue, wenn ich nervös bin.

Ich schlucke schwer, und bevor ich etwas sagen kann, höre ich Georgie nach mir rufen. Obwohl, eher brüllen.

Ich schließe für einen Moment die Augen und drücke mich, ohne Lucien erneut anzusehen, unter seinen Armen hindurch. Der Moment war so imperfekt, wie er perfekt war. Doch ich glaube, es ist gut, dass Georgie den Augenblick gestört hat. Zumindest rede ich mir das ein, während ich auf sie und die anderen zugehe.

Sie warten direkt vor dem Karussell auf uns. Die Mädels wollen ein wenig bummeln, doch ich klinke mich aus und suche nach einem Süßigkeitenstand. Ich brauche Zucker, und zwar viel davon!

»Du gehst mir aus dem Weg«, höre ich Luciens anklagende oder eher fragende Stimme hinter mir. Wie jedes Mal jagt es mir eine Gänsehaut über den Rücken.

»Nein, ich brauchte nur etwas Zucker«, lüge ich, da es nur die halbe Wahrheit ist.

Ich zeige auf einen Liebesapfel hinter der Glastheke, ziehe einen Geldschein aus meinem Portemonnaie und lächle dem alten Herrn zu, wobei ich Luciens Blick weiterhin auf mir spüre.

»Liebesapfel? Mit wem willst du den denn teilen?«

»Da findet sich bestimmt jemand«, sage ich lapidar. Ich bezahle und bedanke mich bei dem Mann, bevor ich mich zu Lucien umdrehe.

»Ach ja? Denkst du?« Er legt den Kopf schief.

»Ja! Obwohl du eigentlich wissen solltest, dass ich Süßigkeiten niemals teile.«

Er lacht kurz auf. »Stimmt. Ich erinnere mich daran, wie du damals einen meiner Freunde aus der achten Klasse verprügelt hast, weil er dir deinen Lolli geklaut hat.«

»Tja, dann solltest du besser nicht auf dumme Ideen kommen«, sage ich, während ich den Apfel aus der Folie befreie und vorsichtig reinbeiße, da ich keine Lust habe, mir morgen beim Zahnarzt Implantate einsetzen zu lassen.

Lucien starrt mich an. Ich lasse meine Zunge über den roten Zuckerguss gleiten und nehme ein Stück davon zwischen die Zähne.

Luciens Augen werden glasig und er blinzelt mehrfach, bevor er sich räuspert.

»Lässt du mich mal probieren?«, fragt er mit kehliger Stimme.

Ich schaue ihn gespielt abschätzig an. »Du hast wirklich Mut, mich das zu fragen.«

Er grinst. »Ein bisschen Risiko gehört zum Leben dazu.«

Ich lächle und halte ihm den Apfel hin.

Er beugt sich nach unten und beißt hinein. Genauso vorsichtig, wie ich es getan habe. Es ist definitiv nicht sein erster Liebesapfel. Sofort denke ich daran, mit wem er sich diesen geteilt haben könnte. Doch meine Gedanken driften ab, als Lucien sich von mir zurückzieht. Es klebt etwas Zucker an seiner Unterlippe. Kurz bin ich versucht, meine Hand auszustrecken und ihn mit dem Daumen wegzuwischen, doch ich kann mich gerade noch zurückhalten.

»Du hast da …« Ich deute auf seinen Mund.

Er leckt mit der Zunge so quälend langsam über seine Lippen, dass es reinste Folter ist, dabei zuzuschauen. Augenblicklich schießt ein Kribbeln direkt zwischen meine Beine. Heiliger Zuckerguss. Der Liebesapfel hat seinen Namen echt verdient.

»Es schmeckt super. Danke, dass ich probieren durfte.«

»Mhm …«, murmle ich völlig verstört, während ich ihn noch immer wie hypnotisiert anstarre.

Bevor ich meine Stimme wiederfinden kann, sehe ich aus dem Augenwinkel, dass die anderen zu uns treten.

»Wer hat Lust auf Crêpes? Ich hab noch immer einen Bärenhunger«, sagt Georgie, die uns erneut unterbricht. Sie hat ein echtes Talent dafür, das muss man ihr lassen.

»Das ist nichts Neues. Wann hast du mal keinen Hunger?«, sagt Samantha, woraufhin Georgie ihr die Zunge rausstreckt.

»Ich hab genug Süßes für heute«, antwortet Lucien, ohne mich aus den Augen zu lassen.

Georgie schaut zwischen Lucien und mir hin und her. Also räuspere ich mich schnell, greife nach ihrer Hand und ziehe sie mit mir.

»Los, lass uns dir was zu essen holen, bevor du zur Diva wirst.«

Das laute Piepen meines Handys reißt mich aus dem Schlaf. Meine Finger tasten nach dem Ding und nehmen es vom Nachttisch. Das grelle Display blendet mich und ich kneife die Augen zu einem schmalen Schlitz zusammen, um die Schrift zu entziffern.

Drei verpasste Anrufe! Fünf neue Nachrichten. Ich schaue auf die Uhr. Es ist halb drei in der Früh. Fantastisch! Wieso kann mein Ex mich nicht endlich in Ruhe lassen?

Ich öffne die letzte Nachricht.

Hey,
ich stehe vor der Tür, bitte mach auf.
Tom

What the hell!

Das kann doch unmöglich … Ich setze mich auf und schalte die Nachttischlampe an. Nachdem ich die Nachricht noch einmal gelesen habe, schlüpfe ich in meine flauschigen rosa Pantoffeln und in meine Kunstpelzjacke, bevor ich so schnell und leise wie möglich durch die Hütte schleiche. Um niemanden zu wecken, öffne ich langsam die Haustür, doch sie quietscht wie immer lautstark. »Mist!«, fluche ich, doch da sehe ich schon, wie sich mein Ex, der auf der Steintreppe vor dem Eingang sitzt, umdreht.

»Tom, was machst du hier, verdammt? Und woher weißt du, wo ich bin?«

Ruckartig steht er auf. »Von deiner Mom. Ich hab sie besucht und …«

»Bist du irre?«

»Du hast auf keine meiner Nachrichten reagiert und ich musste dich einfach sehen.«

»Scheiße! Wir haben uns getrennt, Tom. Ich wüsste also nicht, was wir noch zu bereden hätten. Fahr einfach wieder nach Hause.«

»Aber Zuckerböhnchen, ich bin den ganzen Weg nur für dich hierhergefahren.«

»Das ist …«

Ein lautes Lachen, das aus der Dunkelheit vor der Hütte kommt, lässt mich innehalten.

»Entschuldige, ich hatte eigentlich vor, mir das hier mit einer Tüte Popcorn reinzuziehen, aber das ist einfach zu lustig. Zuckerböhnchen? Wieso nicht gleich Zuckerstange oder Lebkuchenherzchen, das würde wenigstens zu der Jahreszeit passen.« Lucien tritt aus der Dunkelheit ins Verandalicht.

»Ich glaube, jetzt verstehe ich dein Problem, Kleines.« Lucien zündet sich eine Zigarette an.

»Äh, und wer bist du?« Tom verschränkt die Arme vor der Brust und schaut Lucien abschätzig von oben bis unten an.

»Ich? Ich bin niemand. Nur ein neugieriger Zuschauer, der dieses Schauspiel hier genießen möchte. Also macht nur weiter. Ich werde nicht wieder stören, versprochen.« Lucien macht diese Reißverschluss-Schlüsselwegschmeiß-Geste vor seinem Mund.

Ich sehe an Toms Haltung, wie er verkrampft. »Welches Schauspiel? Sie ist meine Freundin und gehört zu mir.«

»Also, du Möchtegern-Casanova. Erstens ist sie meines Wissens nach nicht mehr deine Freundin und wenn sie jemandem gehört, dann …« Lucien spricht nicht weiter, doch sein intensiver Blick auf mir lässt mich wissen, was er sagen möchte.

»Ich verstehe nicht … Emily. Du bist doch mein Zucker…«

»Oh bitte, mein Freund. Erspar ihr und vor allem mir diesen Kosenamen. Kein Wunder, dass dir deine Frau weggelaufen ist. Da hättest du nicht mal deinen Schwanz wo anders reinstecken müssen. Du klingst wie ein jammernder kleiner Welpe, dem man sein Spielzeug weggenommen hat. Ein Tipp. Du bist ein Wurm, doch Frauen wollen keine Würmer, sie wollen eine Schlange, verstehst du?«

»Er weiß von … also, warum wir … Emily, das glaube ich einfach nicht. Ist das hier … ist er, was du willst?«

»Tom, es tut mir leid. Die Situation hier hast du dir selbst eingebrockt. Meiner Meinung nach hatten wir bereits ein intensives Gespräch, bevor wir uns getrennt haben. Zwischen uns hat sich so eine große Kluft gebildet, die nie mehr zu schließen ist. Bitte, geh jetzt.«

»Aber …«

»Du hast gehört, was sie gesagt hat. Du sollst die Biege machen. Mach die Situation nicht noch peinlicher, als sie ohnehin schon für dich ist.«

Eine Weile starrt mich Tom an. Ich sehe, wie sich Tränen in seinen Augen bilden, doch zu meinem Erschrecken empfinde ich kein Mitleid. Mein Herz rast und mein Mund ist ganz trocken, aber nicht wegen ihm, sondern wegen Lucien, dem Mann, der noch so gemein sein kann und mich dennoch dahinschmelzen lässt.

»Okay. Wie du wünschst. Du kannst deine Sachen noch bis Silvester abholen. Danach schmeiße ich sie auf den Müll.«

»Falsch. Wir werden Ems Sachen abholen, wenn wir aus dem Urlaub zurück sind und Zeit dafür haben. Sollte nur eine Sache fehlen, solltest du dir wünschen, dass ich dich niemals finde. Verstanden?«

Lucien stößt sich von der Hauswand ab, zieht an seiner Zigarette und pustet Tom den Rauch ins Gesicht.

Tom hustet und wedelt mit der Hand vor seinem Gesicht. »In Ordnung. Ich hab's verstanden. Du kannst deine Sachen abholen, wann du möchtest.«

»Prima. Schön, dass wir das auch klären konnten. Du hast ihn wirklich gut erzogen, er hört aufs Wort.« Lucien schaut mich an und zwinkert mir zu.

»Ich glaube, du kannst jetzt verschwinden.«

Tom schaut ein letztes Mal zu mir, doch ich schüttle den Kopf. »Du solltest jetzt wirklich gehen.«

»Aber …«

»Wuff«, brüllt Lucien, was Tom zusammenschrecken lässt. Er flüchtet wie von einer Tarantel gestochen zu seinem Wagen.

Der Motor heult auf und als ich nur noch die Rücklichter sehe, drehe ich mich wortlos und ohne Lucien anzusehen um und gehe zurück ins Haus.

»Em?«

»Ich möchte ins Bett! Du warst … Du hättest nicht so gemein zu ihm sein müssen.«

»Hätte ich nicht. Aber ich hielt es für notwendig.«

Ich schüttle den Kopf und laufe Richtung Flur. Lucien kommt mir nach.

»Wieso ist er hier aufgetaucht? Hast du ihn ermutigt zu kommen?«

Ruckartig drehe ich mich um, sodass ich Lucien plötzlich ganz nah bin. Zu nah. Mein Atem geht schneller und mein Herz rast wie verrückt.

Ich schlucke. »Klar, ich habe ihm ein paar Nacktbilder geschickt. Was denkst du denn?« Frustriert schüttle ich den Kopf und möchte mich gerade wieder umdrehen, als er mich am Arm packt und festhält.

»Hast du?«

»Boah, du bist einfach unglaublich, du verstehst echt gar nichts.«

»Was versteh ich nicht?« Lucien kommt mir noch einen Schritt näher, so nah, dass ich den Kopf in den Nacken legen muss, um ihn anzusehen.

Meine Lippen öffnen sich leicht. Mein Herz springt mir beinahe aus der Brust, als Lucien sich zu mir herunterbeugt. Unsere Nasenspitzen berühren sich und ich kann seinen heißen Atem an meinen Lippen spüren. Ich schließe die Augen, doch statt des Kusses, den ich erwartet habe, spüre ich seine Lippen an meiner Schläfe.

»Gute Nacht, Kleines.«

Ruckartig öffne ich die Augen und sehe nur noch, wie Lucien um die Ecke verschwindet und daraufhin eine Tür ins Schloss fällt.

Heilige Scheiße!

Mit zittrigen Knien gehe ich in mein Zimmer und finde erst nach einiger Zeit erneut in den Schlaf.

Der Kamin knistert.

Aus dem Radio erklingt in ruhigen Tönen
„Leise rieselt der Schnee."
In deiner Hand hältst du eine heiße Tasse Kakao mit Sahne
und vielen Schokostreuseln.
Du schaust aus dem Fenster. Die Streben an den Scheiben
sind schneebedeckt.
Der Himmel leuchtet hell, strahlt beinahe wie die Sonne.
Auf den Bergspitzen glitzert der Schnee, während weitere
Schneeflocken auf die Erde herunterfallen und die Fenster
beinahe vollständig bedecken.
Kann ein Weihnachtsmorgen schöner sein?

Kapitel 5

Heiligabend

Wir Mädels sind schon seit heute Morgen dabei, Weihnachtsplätzchen zu backen, während die Männer noch mal eine Runde auf die Piste gegangen sind.

Die Frauen stehen in der Küche und die Männer jagen dem Adrenalinkick nach. Klischee bedient, würde ich sagen.

Samantha liegt leider mit Kopfschmerzen im Bett, weshalb wir nur zu dritt die Küche verwüsten, und so wie es bereits nach einer Stunde aussieht, haben wir ganze Arbeit geleistet.

Ich hoffe, sie ist später wieder fit, um mit uns Heiligabend zu feiern. Es gibt wirklich keinen blöderen Tag, um krank zu werden, als Weihnachten.

»Okay Ladys, der erste Teig ist fertig. Ich beginne schon mal damit, Sterne auszustechen. Vielleicht könnt ihr in der Zwischenzeit den nächsten Teig vorbereiten, damit er in den Kühlschrank kann?« Georgie gibt uns wie immer Anweisungen. Doch das ist auch gut so, denn immerhin ist sie die Einzige von uns, die weiß, was sie tut.

Sobald ich in der Küche stehe, und dann ist egal, ob ich backe oder koche, sollte jeder im Umkreis von zwei Metern in Deckung gehen.

Jenny geht zum Kühlschrank und ich begebe mich auf die Suche nach einer frischen Mehlpackung. Ich öffne mehrere Schranktüren, bis ich endlich fündig werde.

»Ich bin so froh, dass wir hierher gefahren sind. Mein bester Urlaub seit Langem. Die vorvorgestrige Nacht war einfach so unglaublich. Ihr hättet echt mitkommen müssen. Die Bar und der DJ waren fantastisch.« Jenny kommt mit Butter und Eiern in der Hand zurück an die Kücheninsel.

»Ach echt? Da haben wir ja richtig was verpasst.« Ich rolle mit den Augen.

»Das habt ihr. Aber erst das Ende hat den Abend richtig perfekt gemacht. Ihr glaubt es nicht, aber ich hatte den besten Sex aller Zeiten. So gefühlvoll, so heiß, so vers…« Ich schnappe mir die Mehlpackung von der Küchenzeile und reiße sie mit aller Kraft direkt vor Jennys Gesicht auf. Der Inhalt platzt heraus und verteilt sich auf ihr. Ich bekomme auch ein paar Spritzer ab, aber das juckt mich nicht.

»Du dumme Bitch!«, schreit sie, wobei Mehlwolken durch die Gegend fliegen.

»Jetzt könnte man meinen, du wurdest anständig für deine Dienste bezahlt. Nicht mit Geld, sondern Koks. So wie es sich für eine echte billige Nutte gehört.«

»Wie hast du mich gerade genannt?« Sie blinzelt mehrfach und wischt sich das Mehl von den Augen.

»N.U.T.T.E. Nutte!«, antworte ich belustigt.

»Das wirst du bereuen, du prüde, spießige, hässliche Gans!«, zischt sie.

»Das glaube ich eher nicht.« Es fällt mir schwer, nicht laut loszulachen. Jenny sieht aus wie ein verdammter Schneemann.

»Das hast du extra gemacht, weil du eifersüchtig bist.«

»Ich? Auf wen? Auf dich?«

»Natürlich auf mich!«

»Sorry, aber so verzweifelt bin ich wirklich nicht.«

»Du kannst es nicht ertragen, dass ich gewonnen habe. Dass ich heißer bin als du.«

»Laaaadys, was zur Hölle geht hier ab?« Georgie schaut irritiert zwischen uns beiden hin und her.

»Oh, verzeih mir. Ich klär dich mal schnell auf. Jenny will mir weismachen, dass sie mit Lucien gevögelt hat.«

Georgie hält beim Teigausstechen inne und schaut mit hochgezogenen Augenbrauen zu Jenny. »Du hast was? Lucien ist dein Cousin.«

Jenny zuckt mit den Schultern. »Großcousin, und sorry Süße, aber dein Bruder ist einfach zu heiß für diese Welt. Er wollte mich und ich konnte und wollte ihm auch nicht widerstehen.«

Ich breche in schallendes Gelächter aus. »Du kannst wirklich verdammt gut lügen, das muss ich dir lassen«, gluckse ich. »Du solltest echt in Erwägung ziehen, Schauspielerei zu studieren, da wärst du mit Abstand die Klassenbeste.«

»Ich lüge nicht.« Sie greift sich ein Küchentuch, um sich damit übers Gesicht zu reiben.

»Doch, tust du. Aber glaube ruhig, was du glauben willst, wenn es deinem Ego dann besser geht.«

»Okay Ladys, kann mir jetzt mal jemand sagen, was hier eigentlich für ein Film läuft? Ich verstehe nur Bahnhof«, fragt Georgie aufgebracht.

»Jenny hat nicht mit Lucien gevögelt, sondern mit Steve, weil Lucien sie hat abblitzen lassen. Doch sie will mich glauben lassen, dass es anders war.«

»Woher weißt du das?«, fragt Georgie.

Ich räuspere mich. »Weil ich mit Lucien gesprochen habe. Er hat mir alles erzählt.«

»Und du denkst, er sagt dir die Wahrheit, ja?« Jenny grinst mich gehässig an. Wenn ich nicht die Wahrheit kennen würde, würde ich ihr an die Gurgel springen.

»Lucien ist vieles, aber kein Lügner. Wenn er sagt, dass da nichts lief, dann lief da auch nichts«, sagt Georgie und schaut mich dabei eindringlich an.

»Wisst ihr was, glaubt doch, was ihr wollt. Meine Vagina weiß es besser.« Sie wirft das Handtuch auf den Tresen und stürmt aus der Küche.

»Dass sich deine Vagina bei den vielen Schwänzen noch an einzelne erinnern kann, bezweifle ich«, brülle ich ihr nach.

Georgie mustert mich vielsagend.

»Kein Kommentar. Lass uns einfach weiter backen«, sage ich, da ich ihr nicht erklären will, wieso Lucien mit mir über den Abend gesprochen hat. Und schon gar nicht, warum ich mich mit Jenny so anzicke. Georgie war nicht begeistert, als sie eben hörte, dass Jenny und Lucien was miteinander hatten.

Ach verdammt. Wieso muss alles immer so kompliziert sein? Wieso konnte ich mich nicht in einen Mann in meinem Alter verlieben? In einen Mann, der nicht der Bruder meiner besten Freundin ist? Und der für mich das Gleiche fühlt wie ich für ihn.

Mittlerweile hat die Dämmerung eingesetzt und alle haben sich im Wohnbereich vor dem Kamin zusammengefunden, um *Alle Jahre wieder* und *Leise rieselt der Schnee* zu singen und dabei tonnenweise Weihnachtsgebäck zu futtern. Nur ich stehe im Badezimmer und betrachte mit hochgekrempeltem Rock und über den Hintern heruntergezogenen Perlonstrumpfhosen das Ausmaß meiner Verletzung. Ein riesiger Bluterguss ziert meine Pobacke. Ich schaue in den Spiegel und erschrecke.

»Scheiße, Lucien.« Hektisch stopfe ich meine Bluse in den Bund meines blauen Faltenrocks, richte die Strumpfhose und eile auf die Tür zu. Doch bevor ich sie vor seiner Nase zuknallen kann, stellt er den Fuß dazwischen.

»Du hast mich angelogen«, bemerkt er trocken, als wäre es völlig normal, zu spannen.

»Angelogen?«

»Du hast dir ernsthaft wehgetan.«

»Es ist nicht so schlimm und jetzt raus. Herrgott, du kannst nicht einfach hier hereinplatzen. Oder in mein Zimmer. Du verletzt meine Privatsphäre.

»Reinplatzen, die Tür stand beide Male offen.«

»Trotzdem.«

»Sicher, dass du willst, dass ich gehe?«

»Ja!« Ich nicke heftig, um meine Aussage zu verdeutlichen.

»Wenn du das möchtest, wieso hast du dann die Tür nicht abgeschlossen?«

»Weil ich es vielleicht in der Eile vergessen habe und davon ausging, dass sich alle schon über die Geschenke hermachen?«

»Oder du wolltest, dass ich dich suche und finde.«

Seine Überheblichkeit ist echt nicht zu übertreffen.

»Ganz bestimmt wollte ich nicht, dass du mir zusiehst, wie ich meinen geschundenen Hintern im Spiegel betrachte.«

»Hör auf, mich anzukeifen. Ich bleibe sowieso hier. Du hast ganz offensichtlich Schmerzen. Der Bluterguss sieht nicht gut aus.«

»Das wird schon irgendwann heilen.«

»Geh zum Waschbecken und dreh dich um.«

»Lucien, was hast du vor?«

»Tu, was ich sage, Kleines.«

»Aber …« Ich will erneut protestieren, da nimmt er meine Hand, schiebt mich zurück ins Badezimmer und schließt die Tür hinter uns.

Völlig überfordert, in diesem engen Raum mit ihm allein zu sein, tue ich, was er sagt, und drehe mich langsam um. Schüchtern beobachte ich ihn durch den Spiegel, der über dem Waschbecken hängt.

Er greift nach der Schmerzsalbe, die ich schon auf den Waschbeckenrand gelegt hatte. »Ich öffne jetzt den Reißverschluss deines Rocks.« Will er mich vorwarnen oder noch nervöser machen?

Sein Atem kitzelt in meinem Nacken und jagt eine Gänsehaut über meine Wirbelsäule.

Die Spannung zwischen uns ist greifbarer als eh und je.

Unsicher nicke ich ihm zur Bestätigung zu und spüre schon im selben Moment seine Hände am Bund meines Rocks. Ich halte den Atem an. Es ist absolut still, nur das Geräusch des Reißverschlusses ist zu hören.

Er schiebt den Rock samt meiner schwarzen Perlonstrumpfhose bis zur Mitte meines Pos hinunter. Ich halte den Rock am Bund vorne fest, damit er nicht zu meinen Füßen fällt.

»Verdammt, Em. Wieso hast du mir nicht gesagt, wie schlimm du dich verletzt hast? Du hast mich eiskalt angelogen.«

»Weil … weil ich dachte, du würdest mich sowieso nur auslachen.«

Er schüttelt den Kopf. »Auslachen? So denkst du also von mir? Hast du nicht gesehen, dass ich eine Scheißangst um dich hatte und mir wirklich Sorgen gemacht habe?«

»Es ging alles so schnell. Du bist von jetzt auf gleich so anders zu mir und … keine Ahnung. Die Schmerzen wurden erst vor ein paar Stunden so schlimm. Den Bluterguss hatte ich schon von dem Sturz vor der Hütte. Doch jetzt, durch den erneuten Sturz …«

»Du hattest schon am ersten Tag Schmerzen und gehst dann noch Skifahren?«

»Ja! Du hast dich doch schon, als ich ausgerutscht bin, darüber lustig gemacht, wie es meinem Hintern geht. Meinst du, ich erzähle dir ernsthaft, dass ich mir tatsächlich wehgetan habe?«

Ich höre ihn schwer schlucken, doch er antwortet nicht. Seine warmen Finger berühren mit der kalten Salbe den Bluterguss. Scharf ziehe ich die Luft ein. Scheiße, tut das weh.

»Gleich Kleines, gleich ist es eingezogen.«

Ich presse die Lippen aufeinander.

»Erledigt!«

Ich stoße die Luft aus meinen Lungen.

Die Tube landet polternd im Waschbecken. Daraufhin spüre ich seine Hände an meinem Po. Er schließt quälend langsam den Reißverschluss und lehnt seine Stirn an meinen Hinterkopf.

»Ich bin ein mieses Arschloch, Kleines. Es tut mir leid. So verdammt leid, was ich gesagt habe. Aber bitte versprich mir, dass du ab sofort immer zu mir kommst, wenn es dir schlecht geht.«

»Es ist nicht so schlimm, mir geht es gut.«

»Versprich es mir! Versprich mir, dass du mich nie wieder anlügst.«

»In Ordnung, ich verspreche es.«

»Vertraust du mir?«

»Was? Ja, schon … Wieso?«

»Gut!«, haucht er gegen mein Ohr und drückt sich von hinten noch näher an mich.

Seine Nähe lässt mich leise aufstöhnen.

»Tue ich dir weh?«

»Nein …« Ich hebe den Arm, lege ihn nach hinten um seinen Nacken. Er senkt den Kopf. Ich spüre seine Lippen an meiner Halsbeuge.

»Was tun wir hier?«

»Ich tue das, was ich schon eine ganze Weile tun möchte. Meine Lippen über deine makellose Haut gleiten lassen. Von dir kosten.«

»Lucien.«

»Sag, dass du das auch willst.«

Ich drehe mich um und lege meine Hände an seine Wangen. »Ist das nicht offensichtlich?«

Er packt mich an der Taille und presst seine Lippen auf meine. Sie schmecken nach Glühwein und Weihnachtsgebäck.

Seine Hand umschließt meinen Hinterkopf.

»Du hast eine rote Schleife im Haar«, bemerkt er und grinst.

Ich zucke mit den Achseln. »Wie du vermutet hast, habe ich kein Geschenk für dich.«

»Du brauchst keines. Alles, was ich will, bist du.«

Ich hauche ihm einen federleichten Kuss auf den Mundwinkel. »Lass uns zu den anderen gehen, bevor sie gar nicht mehr aufhören zu singen.«

Er lacht und nimmt meine Hand in seine. Als wir den Wohnbereich betreten, sind alle Augenpaare auf uns gerichtet. Wissend strahlen uns bis auf Jenny, die auf Stevens Schoß sitzt, alle entgegen und ich schaue verlegen zu Boden.

Lucien zieht mich zu sich heran und flüstert mir ins Ohr: »Jetzt werde ich dich ein paar Stunden mit den anderen teilen, aber den Rest von meinem Geschenk werde ich definitiv heute Nacht noch auspacken.«

Ich spüre, wie meine Wangen glühen.

Georgie steht auf, kommt auf mich zu und zieht mich in ihre Arme. »Ich wusste, dass es so kommt. Ich freue mich für euch.«

»Ehrlich? Ich hatte Angst, du wärst wütend auf mich. Immerhin habe ich mitbekommen, wie du reagiert hast, als Jenny meinte, sie hätte etwas mit Lucien gehabt.«

»Blödsinn! Du bist nicht Jenny. Außerdem ist Lucien ihr Cousin. Und um ehrlich zu sein, warte ich auf diesen Moment seit bestimmt drei Jahren. Ich wusste, dass es irgendwann so kommen wird. Aber dir ist klar, dass ich alle Details erfahren will.« Sie zwinkert mir zu.

»Wirklich alle Details?«

Georgie verzieht das Gesicht. »Okaaaay … vielleicht nicht unbedingt alle.«

Wir beide verfallen in ein lautes Gelächter und ich spüre die Blicke der anderen auf mir. Als ich in die Runde und in Jennys Gesicht schaue, sehe ich, wie sie ihren Kiefer fest aufeinanderpresst. Unsicher greife ich mir ein Kissen vom Sofa, lege es auf den Boden und setze mich zu den anderen. Lucien kommt mit einem Bier in der Hand wenige Minuten später auch zu uns.

»Jetzt, wo wir versammelt sind, können wir ja endlich loslegen«, ruft Georgie ganz aufgeregt. Sie schnappt sich ein Geschenk und drückt es Lucien in die Hand.

Er stellt sein Bier weg und packt es aus. Ein Pullover seiner Lieblingsfootballmannschaft Denver Broncos. Lucien gibt Georgie sein Geschenk, es sind ein paar Schuhe, welche sie, wie ich weiß, schon immer haben wollte.

Die Geschenkevergabe geht weiter, bis nur noch ich übrig bleibe. Ich gebe Georgie mein Geschenk, doch für Lucien habe ich nichts. Peinlich berührt schaue ich auf meine Hände.

»Du hast kein Geschenk für Lucien?«, sagt Jenny. Sie schaut mich triumphierend an und zieht ein Päckchen hinter sich hervor, um es Lucien zu geben.

»Das ist von mir, ich wollte es dir eigentlich geben, wenn wir allein sind«, sagt sie mit verführerischer Stimme.

Georgie und mein Blick treffen sich und sie macht eine Würgegeste, was mich zum Kichern bringt.

»Danke«, antwortet Lucien, doch beachtet das Geschenk nicht weiter, sondern schaut mich an. Er steht auf, umrundet den Sitzkreis, um sich neben mir niederzulassen und mich vorsichtig auf seinen Schoß zu ziehen. Kurz verziehe ich das Gesicht, doch seine Worte lassen mich den Schmerz direkt vergessen.

»Em braucht kein Geschenk. Sie ist mehr, als ich mir wünschen könnte.« Er zwinkert mir von der Seite zu und zupft an meinem Haarband.

»Oh, wie süß. Los jetzt, lasst uns essen.« Georgie steht auf und alle anderen folgen ihr in die Küche.

»Glaub aber ja nicht, dass ich mein Geschenk später nicht doch einfordere.«

»Sehr gut. Denn ich warte darauf, dass du es tust.«

Lucien zieht mich mit sich hoch und kneift mir in den Hintern, bevor wir zu den anderen in die Küche gehen.

Der restliche Abend verläuft ruhig. Wir verdrücken zusammen einen riesigen Truthahn und sitzen und reden danach noch ein wenig vor dem Kamin. Lucien berichtet viel von seiner Studienzeit.

Mittlerweile ist es nach Mitternacht und still in der Hütte. Alle scheinen bereits zu schlafen. Auch Lucien ist seit einigen Minuten verschwunden und ich sehne mich bereits nach seiner Nähe. Lächerlich oder? Dass mein Körper und jede Faser meines Seins nach ihm lechzt? Auch wenn mir jede Frau raten würde, einem Mann nicht hinterherzulaufen, nehme ich all meinen Mut zusammen und klopfe mit zittrigen Händen an Luciens Tür. Zweimal, doch niemand antwortet.

Ich gehe durch die Hütte, suche nach ihm und finde ihn wenige Minuten später auf der Veranda. Er lehnt an der Hauswand und zieht an seiner Zigarette. Die Glut leuchtet in der Dunkelheit. Für einen Moment beobachte ich ihn fasziniert.

Auch wenn ich Zigaretten, vor allem aber deren Geruch nicht mag, sieht es doch bei Lucien so verdammt sexy aus, wie er daran zieht und den Rauch langsam aus seinem Mund in die Luft entweichen lässt.

»Da bist du. Ich habe dich gesucht.«

Lucien schaut weiterhin in die Ferne, während er mir lässig antwortet. »Ach echt?«

»In der Tat. Ich dachte, du wolltest dein Geschenk auspacken?«

»Mhm … wollte ich das?« Er zieht ein letztes Mal an seiner Zigarette und schnippt sie dann in den Schnee, bevor er sein Gesicht zu mir dreht.

»Ja, das wolltest du. Oder war das nur eine leere Versprechung?« Ich lächle verschmitzt, während ich noch immer im Türrahmen stehe.

Der Eingang ist mit nur einer einzigen schwachen Lampe ausgeleuchtet, weshalb ich befürchte, er kann mein Gesicht nicht erkennen.

Lucien drückt sich von der Holzwand ab und kommt langsam auf mich zu. Seine Schuhe knirschen im Schnee. Die kalte Luft peitscht durch meine dünne Kleidung. Doch wenn ich in Luciens Augen schaue, ist da nur brennende Hitze, die mich umgibt.

»Ich liebe deine schüchterne Körperhaltung, während die Worte aus deinem Mund alles andere als schüchtern sind.« Er bleibt vor mir stehen, greift nach meinen Händen und zieht mich fest zu sich heran. Ich stolpere und stoße gegen seine Brust.

Seine kalte Lederjacke drückt sich gegen meine dünne Kleidung, doch auch sie kann die Hitze, die sich in mir ausbreitet, nicht abkühlen.

Lucien legt seine Finger unter mein Kinn, zwingt mich, zu ihm aufzuschauen. Unsere Blicke treffen sich. Blau trifft auf Grau und in diesem Moment stelle ich mir die Frage, welche Augenfarbe unsere Kinder haben würden. Noch bevor ich diesen verrückten Gedanken weiterspinnen kann, kommt sein Gesicht meinem näher. Ich schließe die Augen. Mein Herz klopft wie verrückt, während sich mein Magen auf ein Feuerwerk vorbereitet. Gerade als ich denke, seine warmen Lippen gleich auf meinen zu spüren, haucht er mir ins Ohr. »Das hier wird keine einmalige Sache sein, Kleines. Wenn du dich mir hingibst, dann richtig. Für immer. Und nur mir.«

Schweratmend presse ich die Luft aus meinen Lungenflügeln. Bis dato habe ich nicht einmal gemerkt, dass ich sie angehalten habe. Ich versuche, meinen Puls zu kontrollieren und mein Gehirn wieder in Gang zu setzen, um nicht *Ich gehöre für immer nur dir* zu wimmern.

Ich schlucke schwer und hebe meinen Blick. »Nun ja, ich hatte nicht vor, bereits morgen zu meinem Ex zurückzukehren.«

»Das wird nicht morgen, nicht nächste Woche und auch nicht nächstes Jahr passieren.«

»Wenn du das sagst.«

»Oh ja, das sage ich.« Sein Mund verzieht sich zu einem Schmunzeln, bevor er seine Lippen besitzergreifend auf meine presst. Haltsuchend kralle ich mich an seiner Jacke fest, während wir rückwärts in die Hütte taumeln. Lucien schließt mit dem Stiefel die Tür hinter uns und schiebt mich weiter durch den Raum. Seine Hände wandern über meinen Körper, während unsere Zungen miteinander spielen. Am Kamin angekommen, löst er sich von mir. Schweratmend will ich gerade protestieren, als ich beobachte, wie er den Kopf in den Nacken legt. Ich folge seinem Blick.

Über uns hängt ein Mistelzweig. Den hatte ich bereits völlig vergessen.

»Ist das dein Ernst? Ein Mistelzweig? Geht es noch schnulziger?« Ich verziehe gespielt angewidert das Gesicht.

»Du stehst nicht auf Romantik?«

Mit hochgezogenen Augenbrauen schaue ich ihn an. »Na ja, ich glaube, du erinnerst dich an unser Gespräch über Tom? Du weißt, warum er jetzt allein statt mit mir gemeinsam auf dem Heimweg ist?«

»Weil er dir nicht bieten kann, was du willst?« Seine Fingerspitzen gleiten über meine Halsbeuge hinab zu meinem Schlüsselbein.

»Korrekt!«

»Und ich dachte, du hast ihn meinetwegen weggeschickt.«

»Auch möglich! Aber ich erinnere mich, dass du es warst, der ihm die Tür vor der Nase zugeschlagen hat.«

»Weil du Besseres verdient hast.«

»In welcher Hinsicht?«

»Das weißt du genau.«

»Du denkst, dass du … na ja … mir meine Wünsche in der einen Sache erfüllen kannst?«

»Forderst du mich gerade heraus?«

»Vielleicht tue ich das …« Ich zucke mit den Schultern und grinse ihn verschmitzt an.

»Vorsicht, Kleines. Auch wenn ich nett aussehe, bin ich es nicht.«

»Auch wenn ich dir widersprechen würde, was dein Erscheinungsbild angeht, hoffe ich, dass du gleich alles andere als nett zu mir bist.«

»Du solltest aufpassen, was du dir wünschst.«

»Mhm … ich gehe gern Risikos ein.«

»Tust du nicht.«

»Du hast recht. Aber …«

Bevor ich weitersprechen kann, packt er mich am Hinterkopf, zieht mein Gesicht zu sich heran und presst seine Lippen erneut auf meine. Ohne sich von mir zu lösen und den Kuss zu unterbrechen, hebt er mich auf seine Arme. Ich schlinge wie automatisch, als hätte ich das schon oft getan, meine Beine um seine Hüften und vergrabe meine Finger in seinen braunen dichten Locken.

Als er mir leicht in die Lippen beißt, entweicht mir ein leises Stöhnen.

Wir lösen uns voneinander. Der Blick, den wir tauschen, ist so intensiv, dass ich ihm nicht standhalten kann und den Kopf senke.

Mit mir auf den Armen geht er langsam in die Hocke, um mich danach auf das weiße Fell vor dem Kamin zu legen.

Seine Lippen lösen sich nur kurz von meinen, bevor sie sie mit einer größeren Intensität erneut in Besitz nehmen.

Meine Hände streifen ihm die Lederjacke von den Schultern.

Luciens Blick lässt mich beinahe innerlich verbrennen, als er mich weiter auf seinen Schoß zieht. Seine linke Hand liegt um meine Taille, mit der rechten zieht er ganz langsam an meinem Haarband und löst die Schleife aus meinem Zopf.

Eine Gänsehaut läuft mir über den Rücken, als seine Fingerspitzen über meinen Nacken streichen.

Mein Haar ergießt sich über meinen Rücken und mein Dekolleté.

»Weißt du eigentlich, wie wunderschön du bist?«

Verlegen schüttle ich den Kopf.

»Mhm … interessant. Du kannst mit Komplimenten schlecht umgehen. Wieder eine neue Eigenschaft, die ich an dir entdeckt habe.«

»Amüsiert dich das jetzt?«

»Ganz im Gegenteil. Ich werde dir gleich mehrfach beibringen, Komplimente anzunehmen.« Er drückt mich leicht nach hinten, sodass ich erneut unter ihm liege. Sein Blick ruht auf mir. »Ist alles okay? Hast du Schmerzen?«

Ich schüttle den Kopf. »Mir geht es gut, bitte hör nicht auf …«

Er lächelt und knöpft langsam meine Bluse auf, streicht dabei mit den Fingerspitzen zärtlich über meinen Bauch hinauf zu meinen Brüsten. Er öffnet den Magnetverschluss meines BHs zwischen meinen Brüsten, bevor er unter meinen Rock greift, um die Perlonstrumpfhose samt Slip nach unten zu ziehen.

Ohne mich aus den Augen zu lassen, schiebt er den Rock nach oben, sodass er jetzt freie Sicht auf meine intimste Stelle hat.

Mein Atem geht schneller und ich spüre, wie meine Haut zu kribbeln beginnt, als er nach unten rutscht und zwischen meinen Beinen verschwindet.

»Lucien was …« Ich komme nicht dazu, etwas zu sagen, da ich seine Zunge bereits auf meiner Klit spüre. Er leckt mich langsam und dennoch mit einer Intensität, die mir die Luft zum Atmen nimmt. Ich keuche auf und meine Finger krallen sich in das weiche Bärenfell unter mir.

Luciens Hand legt sich auf meine linke Brust. Er zwirbelt meine Brustwarze, während er seine Zunge fest auf meine Klit schnalzen lässt. Ich spüre, wie mein Becken sich anspannt und zu zucken beginnt. Nie war ich so schnell so kurz davor zu kommen.

»Ah, Lucien.« Meine Hand legt sich auf die seine, während ich mich ihm entgegenbäume und mit einem lauten Stöhnen komme.

Er schaut zu mir auf. »War das zu nett?«

»Was, wenn ich ja sage?«, antworte ich atemlos.

»Dann muss ich es wohl erneut versuchen.«

Er küsst meine Haut von meinem Venushügel hinauf über meine Brüste hoch bis zu meinem Hals.

Ich höre das Klappern seines Gürtels, dann den Reißverschluss und wie eine Kondompackung aufgerissen wird. Doch noch bevor ich jede Berührung in mir aufnehmen kann, spüre ich ihn an meinem Eingang und wie er langsam in mich gleitet. Ein lautes Keuchen entweicht mir, da ich auf die Größe nicht vorbereitet war.

»Soll ich langsamer machen?« Seine Stimme klingt erstickt und ich merke, wie es ihn all seine Selbstbeherrschung kostet, mich nicht einfach zu nehmen.

»Nein, hör nicht auf. Ich will dich endlich spüren.«

Er stößt erneut in mich und ich fühle, wie ich mich entspanne und ihn vollständig in mir aufnehme. Jede seiner Bewegungen bringt mich um den Verstand. Jeder Muskel in meinem Inneren zieht sich immer wieder um ihn herum zusammen. Auch Luciens Keuchen wird lauter und seine Bewegungen unkontrollierter. Unsere Augen sind wie unser Körper ineinander verschmolzen.

Nur für einige Sekunden, als wir gemeinsam kommen, ist jeder in seinen eigenen Emotionen gefangen und doch sind wir eins.

»Fuck! Em … das war …«

Holy fucking Christmas

Bleib so, wie du bist, egal
was andere sagen.

Du bist genug an jedem einzelnen Tag.
Die besinnliche Weihnachtszeit ist jetzt vorbei und vor dir
liegt ein Jahr voller Spaß, Liebe und Heiterkeit.
Denk immer daran, jeder Tag ist eine neue Chance.
Ein Neubeginn.
Ein Schritt nach vorn und niemals zurück.

Epilog

Heute ist der Morgen nach Heiligabend.

Georgie und die Mädels sind gerade dabei, ihre Taschen wieder in dem viel zu kleinen Mini Cooper zu verstauen. Wie das Wort schon sagt, ist ein Mini nicht gerade dafür konzipiert worden, viel Gepäck zu transportieren. Aber jetzt, da sie nur zu dritt zurückfahren, werden sie mehr Platz haben.

Genau, ich werde nicht mitfahren, da ich mich dazu entschlossen habe, die Tage bis einschließlich Silvester mit Lucien allein auf der Hütte zu verbringen. Jaaa … Ich, Emily Mikels, bleibe freiwillig bei dieser fürchterlichen Kälte in einer Berghütte und fahre nicht mit den Mädels nach Deutschland zurück.

Aber Luciens warmes Bett, die entspannende Badewanne oder das kuschlige Fell vor dem Kamin kann einfach nichts toppen.

Nach Silvester werde ich eine Woche nach Hause fahren, um meine Koffer erneut zu packen, denn ich werde mit Lucien nach Amerika gehen. Natürlich erst mal nur für ein paar Wochen. Da ich seit Sommer mein Abi in der Tasche habe, werde ich mir ein wenig Urlaub gönnen. Nachdem ich die letzten Monate meiner Mom in der Wäscherei geholfen habe, habe ich mir den mehr als verdient. Ich werde die Zeit nutzen und schauen, wie es mir dort gefällt, doch ich bin mir jetzt schon sicher, dass ich das letzte Unijahr, das Lucien in Colorado absolvieren muss, an seiner Seite verbringen möchte. Natürlich nicht, weil ich wahnsinnig eifersüchtig sein würde, ihn all den braun gebrannten, reichen, wunderschönen Frauen zu überlassen. Ich möchte einfach jetzt, wo wir den Schritt gewagt haben, zusammen zu sein, nicht erneut eine Distanz zwischen uns entstehen lassen.

Je nachdem, was das Jahr bringt, bleiben wir dort oder Lucien geht mit mir zurück nach Deutschland.

Ob wir gestern erst zueinandergefunden haben?

Ob wir uns das erste Mal geküsst und miteinander geschlafen haben und dennoch schon diese konkreten Entscheidungen treffen?

Wie ihr seht, haben wir das.

Nach den vielen Jahren, in denen wir immer wieder versucht haben, uns aus dem Weg zu gehen, war es endlich Zeit, erwachsen zu werden und zu seinen Gefühlen zu stehen. Ich bin froh, dass Lucien den ersten Schritt gewagt hat, denn ob ich mich das getraut hätte, weiß ich nicht. Die Angst vor Ablehnung war zu groß.

Doch Liebe findet immer ihren Weg. Man kann sich nur bedingt vor ihr verstecken.

Außerdem haben wir jetzt noch eine ganze Woche Zeit, um unsere Bindung weiter zu vertiefen.

In jeder Hinsicht, versteht sich.

In diesem Sinn.

Happy New Year, ihr nicht romantischen Verliebten.

Merry Christmas and

a Happy New Year.

Weihnachten ist nicht nur die Zeit der Liebe, sondern auch dafür da, neue Kraft zu tanken.
Es geht nicht nur darum, andere an diesen Tagen mit Liebe zu überschütten, sondern die Zeit zu nutzen, um auch mal an sich zu denken.
Sich eine Auszeit zu gönnen.
Zu reflektieren, zu entspannen.
Aufzuschreiben, was man sich vom nächsten Jahr wünscht.
Doch am wichtigsten ist, zu lernen, sich selbst zu lieben.
Jeden noch so kleinen unwichtigen Makel.
Jedes Gramm zu viel auf den Hüften.
Jedes Muttermal. Jede Narbe. Jede Besonderheit, die dich ausmacht.
Wir sind alle einzigartig.
Bevor du Liebe geben kannst,
bevor du Liebe empfangen kannst,
musst du dich erst selbst lieben können.
Liebe dich so, wie du die wichtigste Person in deinem Leben liebst.

Richtig, du bist die wichtigste Person in deinem Leben.

Bonuskapitel

Für alle, die das Bedürfnis haben zu erfahren, wie die Beziehung zwischen Lucien & Em weitergeht.

Datum: 24.06.2023

Liebes Tagebuch

Heiligabend ist jetzt genau ein halbes Jahr her und somit auch der Tag, an dem ich mit Lucien, meinem Jugendschwarm und dem Bruder meiner besten Freundin, zusammengekommen bin. Wir wohnen gemeinsam in Colorado, was mir noch immer wie ein Traum vorkommt.
Lucien ist nach nur zwei Wochen aus seiner Studentenbude, die er sich mit Steve geteilt hat, ausgezogen, da wir ungewöhnlich schnell eine Zweizimmerwohnung für uns ganz in der Nähe des Campus gefunden haben.

Sie ist wirklich winzig. Und wenn ich sage winzig, dann meine ich das auch so. Wir können von der einen Bettseite aus den Herd bedienen und von der anderen stehen wir direkt in der Duschkabine. Aber es gibt wirklich Schlimmeres. Für uns war nur wichtig, dass wir zusammen sein können und ein wenig mehr Privatsphäre haben. Und obwohl Lucien fast den halben Tag an der Uni ist und ich in einem kleinen Café direkt um die Ecke angefangen habe zu arbeiten, versuchen wir so viel Zeit wie möglich miteinander zu verbringen.
Ich glaube, ich war in meinem Leben noch nie so glücklich wie in den letzten Monaten. Klar, der Winter war kalt und genauso unangenehm wie in Deutschland, doch Lucien hatte seinen Spaß beim Snowboarden. Pisten gibt es hier genug. Und auch ich hatte mich langsam an die Kälte und sogar den Schnee gewöhnt. Mag vielleicht auch daran liegen, dass Lucien mich ständig mit auf die Piste geschleppt hat. Aber ich bin unglaublich froh, dass mich Lucien vor einigen Wochen aus der Schneelandschaft geholt und für ein paar Tage ins heiße Florida entführt hat. Da konnte ich endlich ein wenig Sonne tanken, weil wir die meiste Zeit am Strand verbraucht haben. Obwohl, wenn ich genauer nachdenke, wohl mehr im Strandhaus in diesen wunderschönen Betten mit weißen Laken.
Das Ganze hatte irgendwie ein Flair von Flitterwochen, wenn ich das als unverheiratete Frau beurteilen kann.
Apropos Hochzeit: Irgendwie habe ich das Gefühl, dass Lucien etwas wirklich, wirklich Verrücktes plant. Als wir vor zwei Wochen an einem Juwelier vorbeigingen, bat er mich, einen Ring anzuprobieren. Vielleicht bin ich paranoid oder einfach nur so verliebt, dass die rosarote Brille, durch die ich noch immer schaue, mich blendet und Dinge sehen lässt, die gar nicht existieren, aber ist das nicht merkwürdig?
Ob ich mit fast neunzehn Jahren schon heiraten möchte? Ich bin ja nicht mal romantisch. Ich bin mir nicht sicher. Lucien und ich haben auch noch nicht einmal über dieses Thema gesprochen. Warum auch? Wir sind gerade ein paar Monate zusammen. Doch Lucien ist schon sechsundzwanzig und vielleicht will er ...

»Em, bist du da?«, höre ich Luciens Stimme aus dem Flur.

»Im Schlafzimmer.« Ich schließe mein Tagebuch und lege es in die Nachttischschublade.

Er tritt in den Türrahmen und strahlt mich an.

»Hier bist du. Ich hab dich zweimal gerufen.«

»Entschuldige, ich war vertieft.«

Er kommt auf mich zu und gibt mir einen Kuss auf die Stirn. »Ich habe eine Überwachung für dich. Los, zieh dir was Schönes an.«

Er wird doch nicht ...

Ich steige aus dem Bett, schlinge meine Arme um seinen Nacken und lege meine Lippen auf seine, um meine Nervosität zu verbergen.

»Wo gehen wir denn hin?«

Lucien lacht. »Em, du weißt schon, was das Wort Überraschung bedeutet? Nämlich, dass ich dir mein Vorhaben vorab nicht verraten kann.«

Ich rolle mit den Augen, gehe an ihm vorbei und ziehe mir Jeans und ein weißes Shirt aus dem Schrank, weil mittlerweile auch in Colorado der Sommer begonnen hat. Da ich leider auch nicht weiß, was er vorhat, mache ich mich nicht sonderlich zurecht. Lucien zieht sich auch nur eine Sweatjacke über, weil draußen um die zwanzig Grad herrschen.

Wenige Minuten später schlendern wir händchenhaltend durch die Straßen.

Lucien erzählt mir von seinem Tag an der Uni und den Prüfungsterminen, die demnächst anstehen. Als wir jedoch an einem kleinen Park vorbeigehen, biegt er ab und führt mich über den schmalen Kiesweg zu einer Holzbank.

Darauf liegt ein wunderschöner riesiger Strauß roter Rosen, welche mit einer noch größeren goldenen Schleife zusammengebunden sind. Auf dem Boden sind um die Bank herum mehrere Fackeln im Boden vergraben.

»Lucien, was …?«

Er sagt nichts, sondern signalisiert mir, dass ich mich setzen soll. Er nimmt die Rosen und überreicht sie mir. Vorsichtig nehme ich sie entgegen.

»Keine Angst, ich habe die Dornen entfernen lassen.«

Ich lächle und betrachte die langen Stielrosen in meinem Arm. »Lucien, die sind wunderschön. Was hat das alles zu bedeuten?«

Er räuspert sich. »Heute sind wir ein halbes Jahr zusammen. Du hast für mich in Deutschland alles zurückgelassen. Du stärkst mir hier in jeder Hinsicht den Rücken und bist für mich da. Und obwohl du mehr verdient hast als das hier …« Er macht eine schweifende Handbewegung, bevor er meine freie Hand in seine nimmt und sie fest drückt. »… möchte ich dir zeigen, wie unglaublich glücklich du mich machst. Wie dankbar ich bin, dass du jeden Tag an meiner Seite bist. Dass du jeden Tag neben mir aufwachst und neben mir einschläfst. Ich liebe dich, Em.« Er greift in seine Hosentasche und zieht eine kleine dunkelblaue Schatulle hervor.

Ich ziehe meine Hand aus seiner und schlage sie mir vor den Mund. Mein Atem geht schneller und ich zittere.

»Keine Sorge, Kleines. Es ist nicht, wie du denkst. Du kannst also wieder normal atmen.« Er lächelt mich amüsiert an. Ich blinzle mehrfach. Meine Augen richten sich erneut auf das kleine Ding in seinen Händen. Er öffnet die Schatulle und ein wunderschöner schwarzer Ring kommt zum Vorschein.

»Es ist ein Partnerring.« Er zeigt mir seine Hand, wo der gleiche schwarze Ring seinen Ringfinger ziert. Nur im Vergleich zu meinem, der glänzt, ist seiner matt.

Lucien nimmt den Ring aus dem Kästchen. »Darf ich?« Noch völlig überrumpelt nicke ich und kann mir ein mädchenhaftes

Grinsen nicht verkneifen, als ich ihn dabei beobachte, wie er ihn mir auf den Finger schiebt. Eine einzelne Freudenträne kullert über meine Wange, als ich das Schmuckstück an meinem Finger betrachte.

Lucien legt seine Hand auf meine Wange und wischt die Tränen weg.

»Er ist perfekt. Du bist perfekt. Ich war noch nie so glücklich in meinem Leben. Ich liebe dich, Lucien.«

»Das ist ein Symbol, dass du zu mir und ich zu dir gehöre. So lange, bis ich mir einen Klunker leisten kann, dann werde ich dir die Frage aller Fragen stellen, Baby, verlass dich drauf.«

Mir entweicht ein kleines Glucksen. »Dann wird es der richtige Zeitpunkt sein, und dann werde ich Ja sagen. Du bist alles, was ich immer wollte, Lucien.«

»Und du bist mehr, als ich verdiene, Emi.«

LESEPROBE

Ich befreie Dich - Band 1

AUSSCHNITT: SEITE 79 – 83

Als ich auf die Uhr blicke, ist es 10:30 Uhr. Das Meeting beginnt bereits in fünfzehn Minuten.

Ich bin gerade dabei, die Unterlagen auf dem Tisch zu verteilen, als ich Schritte aus dem Flur höre.

Augenblicklich beschleunigt sich mein Pulsschlag. Vielleicht weil ich insgeheim hoffe, dass er es ist, oder eventuell auch nur, weil ich wahnsinnig nervös bin. *Keine Ahnung.*

Unruhig trete ich an die Fensterfront und blicke auf die stark belebten Straßen Manhattans hinunter, als ich mir plötzlich ganz deutlich seiner Anwesenheit bewusst bin. Obwohl ich mit dem Rücken zur Tür stehe, kann ich ihn spüren. Bevor ich darüber nachdenken kann, wie verrückt das eigentlich ist, versteift sich mein Körper, als ich seine Wärme sowie seinen Duft ganz dicht hinter mir wahrnehme.

»Sind Sie fertig?« Seine raue, tiefe Stimme und sein Atem, den ich in meinem Nacken spüre, hinterlassen einen wohligen Schauer auf meinem Rücken.

Sein Duft ist betörend und hüllt mich förmlich ein, lässt meine Konzentration schwinden und ich nehme ausschließlich seine Präsenz wahr.

»Äh ... ja, ich hoffe, es ist alles zu Ihrer Zufriedenheit, Sir?« Meine Stimme zittert vor Nervosität und Erregung. Immer noch stehe ich mit dem Rücken zu ihm. Ich traue mich nicht, mich umzudrehen und ihm in die Augen zu schauen. Zu groß ist die Angst, mich darin zu verlieren.

»Nicht ganz. Eine Sache ist mir ins Auge gestochen und ich weiß nicht, wie ich sie einordnen soll.« Ich überlege fieberhaft, versuche zu erraten, was er meinen könnte. Was habe ich übersehen? Habe ich etwas vergessen? Gedanklich gehe ich Nathalies Liste Schritt für Schritt durch. Bis mich plötzlich eine warme Hand an meinem Rücken aus den Gedanken reißt. Er lässt seine rauen Finger direkt über die nackte Stelle an meinem Rückenausschnitt wandern. Mein Körper erbebt. Dann löst sich seine Hand von mir und er presst seine Handflächen rechts und links von mir gegen die Fensterfront, nimmt mich gefangen. Gefangen von seinem Körper, seiner Dominanz und seiner Macht.

»Ich meine nicht den Konferenzraum, sondern dieses Kleid. Es gehört verboten. Ich könnte annehmen, Sie haben es extra für mich angezogen, Miss Evans?«

Ruckartig drehe ich mich um. Unsere Nasenspitzen sind nur Zentimeter voneinander entfernt und mein Herz schlägt mir bis zum Hals.

»WAS? Nein, das war niemals meine Absicht, Mr. Clark, ganz im Gegenteil.«

»Im Gegenteil? Heißt das, Sie haben die letzten Tage nie an mich gedacht? Haben die Spannung zwischen uns nicht gespürt? Wollten zu keiner Zeit von mir berührt werden? Was, wenn ich Ihnen sage, dass ich von Ihnen geträumt habe? Letzte Nacht. Sie lagen nackt auf meinem Schreibtisch, mein Gesicht war zwischen Ihren Beinen vergraben. Ich habe Sie geleckt, immer und immer wieder. Als ich wach wurde, wusste ich, dass ich um jeden Preis wissen muss, wie Sie schmecken.« Sein Blick durchbohrt mich und entfacht eine Hitze in mir, die mich innerlich zu verbrennen droht.

Hat er das gerade wirklich gesagt? Will er mich erneut testen? Oder bin ich bereits in Ohnmacht gefallen und gebe mich meinen Tagträumen hin?

Bevor ich antworten kann, spüre ich, wie seine Finger seitlich meine Schulter entlangstreichen und an meiner Halsbeuge verweilen. Langsam fährt er meine Pulsschlagader entlang, was mein Herz erneut unkontrolliert schlagen lässt.

»Wo haben Sie es her?«, flüstert er mit rauer, verführerischer Stimme.

»Was?«, meine Stimme klingt erstickt, da mir mein pochender Pulsschlag die Luft zum Atmen abschnürt.

»Dieses Kleid.«

»Boutique Darcy«, stoße ich gepresst hervor.

Er kommt einen Schritt näher, und als er seinen Kopf zur Seite neigt, frage ich mich, ob er mich diesmal küssen wird. Mein Körper verlangt immer stärker nach seinen Berührungen und danach, wie sich seine Lippen auf meinen anfühlen. Mein Verstand schreit in meinem Kopf, dass ich dagegen ankämpfen soll, dass es falsch ist, dass er verdammt noch mal mein Boss ist.

Seinen Atem kann ich dicht an meinem Ohr spüren, als er flüstert: »Ich glaube, ich sollte Mrs. Darcy anrufen und mich bedanken. Dieses Kleid steht Ihnen hervorragend. Auch wenn es mich um den Verstand bringt.«

Ohne darüber nachzudenken, lege ich meine rechte Hand an seine Brust und drücke mich näher an ihn heran. *Mein Gott, was tut er nur mit mir?* Wir stehen mitten in einem Konferenzraum, in den jeden Moment jemand hereinkommen könnte.

»Ich nehme an, Sie können sich denken, welches Problem dieses Kleid hervorruft?« Ich schlucke und nicke, denn zu mehr bin ich aktuell nicht im Stande.

Mir ist klar, dass ich ihn will. Hier. Jetzt. Er braucht nur die gleiche Luft zu atmen wie ich und mein Körper reagiert sofort und möchte den seinen spüren. Seine Präsenz ist dermaßen dominant, dass ich es kaum schaffe, mich ihr zu entziehen. Doch zum Glück gewinnt auch diesmal mein Verstand die Oberhand. *Brian Clark ist mein Chef und somit Tabu.*

Ich schließe meine Augen und versuche, meine Konzentration wiederzuerlangen. Denke an meine Vorsätze, dass ich mich von ihm fernhalten muss und dass ich das hier nicht vermasseln darf, denn ich brauche diesen Job. Es kostet mich jedes Maß an Selbstbeherrschung, ihn von mir zu drücken. Ich ducke mich unter seinem Arm hindurch und gehe zu dem Konferenztisch hinüber, um erneut die Unterlagen zu sortieren. Einfach nur, um mich abzulenken, um irgendetwas zu tun.

Als er nichts sagt, räuspere ich mich und schließe erneut für einen Moment die Augen, bevor ich mit fester Stimme das Wort ergreife.

»Mr. Clark, Ihre Unterlagen liegen bereit. Jeder, der dem Meeting beiwohnt, mich ausgenommen, bekommt einen Ordner mit allen wichtigen Kopien. Ich werde nun die Kunden der Firma

Lutrix in Empfang nehmen. Sie müssten jeden Augenblick ankommen.«

Kaum habe ich meinen Satz beendet, spüre ich erneut, wie seine Finger über meinen Rücken hinauf zu meinem Nacken wandern. Er wickelt mein Haar um seine Hand und zieht daran, sodass sich mein Kopf in den Nacken legt.

»Sie können versuchen, vor mir davonzulaufen, Miss Evans. Doch seien Sie gewiss, ich werde Sie einfangen, und wenn Sie voller Verlangen unter mir liegen, werden Sie mir gehören.«

Verdammt! Ich muss weg! Weg von ihm! Seine Nähe verwirrt mich und lässt mich Dinge fühlen, die mich vergessen lassen, was richtig oder falsch ist.

Ohne ihn anzusehen, laufe ich mit schnellen Schritten davon.

Brian Clark ist eine Droge, daran besteht absolut kein Zweifel. Die wichtigste Frage, die ich mir stellen sollte, ist, was passieren wird, wenn ich schwach werde und ein einziges Mal nur von ihm koste. Werde ich es schaffen, wieder von ihm loszukommen, oder werde ich für immer süchtig sein?

Was auch geschieht, ich bin verloren.

Im Flur lehne ich mich schwer atmend gegen die Wand. Ich hoffe, dass er mir nicht folgt. – Insgeheim weiß ich, dass er es nicht tun wird. Er spielt mit mir wie eine Katze mit der Maus. Die Frage ist nur, wann wird er mich fangen und wie lange wird er mit mir spielen, bis ich tatsächlich unter die Räder komme.

AUSSCHNITT: SEITE 97 – 100

10:45 Uhr stehe ich mit einem Berg voller Akten im zwölften Stock und warte wie immer ungeduldig auf den Aufzug. Nathalie bat mich vor ihrer Abreise, ein paar wichtige Unterlagen bis zu ihrer Rückkehr unterschreiben zu lassen. Das Ganze hat leider länger gedauert als gedacht und ich hoffe, dass Mr. Clark noch nicht zurück ist. Wo bleibt der verdammte Aufzug? Bestimmt blockiert der Paketbote ihn schon wieder. Meine Nerven liegen sowieso schon blank. *Verdammte Axt.*

Gerade als ich überlege, einfach die Treppen zu nehmen, öffnen sich die Türen und mir gleiten vor Schreck beinahe die Akten aus der Hand. *Er* steht im Aufzug. Allein. Schon wieder. Erscheint es nur mir so oder sieht er heute noch umwerfender aus? Langsam bekomme ich das Gefühl, er könnte mich verfolgen.

Ein blöder Zufall, dass er immer genau dann im Fahrstuhl steht, wenn ich einsteigen möchte.

Er macht einen Schritt nach hinten und grinst mich verschmitzt an. »Miss Evans. Diese Aufzüge scheinen uns immer wieder zusammenzubringen, steigen Sie ein.«

»Ich, ähm … wollte gerade die Treppen nehmen.« Mit schnellen Schritten laufe ich Richtung Treppenhaus. Zehn Stockwerke. *Fantastisch.* Ich gehe einfach zwei davon zu Fuß und werde dann in den Aufzug steigen. Alles ist besser, als mit ihm in einem Raum zu sein. Sicherlich werde ich nicht schon nach fünf Minuten meine Vorsätze über Bord werfen. Hinter mir schwingt die Tür zum Treppenhaus auf.

»Miss Evans, bleiben Sie stehen. Man könnte sonst meinen, Sie laufen vor etwas davon. Vielleicht vor mir?« Seine Stimme klingt amüsiert. *Arschgeige.*

So schnell ich auf diesen Schuhen laufen kann, eile ich die Treppen nach oben, doch ich bin nicht schnell genug, da ich ihn bereits dicht hinter mir spüre. Als er plötzlich seine Hand auf meinen Arm legt und mich festhält, zucke ich zusammen und die Akten verteilen sich quer über dem Boden. *Scheiße.*

Ich wirble herum. »Was wollen Sie?«, zische ich frustriert.

»Das wissen Sie genau.« Er lockert den Griff an meinem Arm, doch macht keine Anstalt, mich loszulassen.

»Hatten Sie nicht gesagt, ich würde Sie brauchen?«

Ich schaue ihn verwirrt an, da ich keine Ahnung habe, worauf er hinauswill.

»Sie hatten recht, Miss Evans, das tat ich und war verwundert, Sie nicht an Ihrem Schreibtisch – in meiner Nähe vorzufinden, wo ich jederzeit über Sie verfügen kann.«

Die Worte *brauchen* und *verfügen*, betont er besonders. Sein Gesicht kommt meinem dabei immer näher und mein Herz schlägt schneller. *Was hat er vor?* Ich sollte die Akten aufheben und schleunigst von hier verschwinden, doch ich kann oder will mich nicht aus seinem Griff lösen.

Unsere Blicke treffen sich und mit einem Mal ist da wieder dieses Knistern, diese Spannung, die sich stetig weiter auflädt. Nur unser Atem, der immer schneller und lauter wird, hallt in dem leeren Treppenhaus wider.

Langsam kommt er mir näher, nur wenige Zentimeter trennen uns voneinander. Ich beobachte, wie sich seine Lippen einen Spalt weit öffnen, und schlucke schwer, als er plötzlich seine Hand in meinen Nacken legt und mich mit einem heftigen Ruck dicht zu sich heranzieht. Unsere Lippen treffen in einer Heftigkeit aufeinander, welche auf Anhieb ein Feuer in mir entfacht. Es breitet sich in meinem Körper aus und ich kann und will es nicht bändigen.

Dieser Kuss hat nichts Zärtliches, ganz im Gegenteil, pures aufgestautes Verlangen prallt in diesem Moment aufeinander. Seine Finger graben sich in mein Haar und der Kuss wird wilder und fordernder. Unsere Zähne schlagen aneinander und er drückt mich mit seinem ganzen Körpergewicht und einer Intensität gegen die Wand, welche mich augenblicklich nach Luft schnappen lässt.

Mein Herz schlägt so heftig gegen meinen Brustkorb, dass mir schwindelig wird und ich nach Halt suchen muss. Mit starken Armen hebt er mich hoch, wobei mein Rock gefährlich weit nach oben rutscht und man den Spitzenansatz meiner halterlosen Strümpfe sehen kann. Wie von selbst finden meine Hände den Weg in sein dichtes, perfektes Haar, woran ich leicht ziehe und ihm ein Brummen entlocke. Sein Körper drückt mich so fest gegen die Wand, dass ich das Gefühl habe, dort festgewachsen zu sein. Besitzergreifend schiebt er seine Zunge in meinen Mund und wir verfallen in einen Rausch voller Begierde und unbändiger Lust.

»Du machst mich verrückt«, keucht er zwischen zwei Küssen.

Ich stöhne auf und drücke mein Becken stärker an ihn heran, um mich an ihm zu reiben.

»Dieser Rock ist noch kürzer als dieses verdammte Kleid und das weißt du ganz genau. Du solltest wissen, was passiert, wenn du mich dermaßen reizt.« Er beißt leicht in meinen Hals und augenblicklich schießt ein blitzartiges Gefühl durch meinen Körper genau zwischen meine Beine. »Du hast ihn für mich angezogen, damit du mich wahnsinnig machen kannst, gib es zu.«

Oh Gott. »Ja, ich gebe es zu«, wimmere ich. *Wieso sage ich das?*

»Du denkst, du kannst mich dermaßen anmachen und dann einfach vor mir davonlaufen, ohne dass es Konsequenzen hat?«

»Mr. Clark, bitte. Ich will nicht, wir sollten nicht …«

»Lüg mich nicht an, Marie. Niemals! Dein Körper hat dich schon bei unserer ersten Begegnung verraten.«

»Ich lüge nicht. Vielleicht fühle ich mich zu Ihnen hingezogen, das streite ich nicht ab. Doch ich habe nicht vor, dem nachzugeben, um dann eines Ihrer Mäuschen zu werden, das Sie ficken können, wann es Ihnen beliebt.«

»Zu mir hingezogen? Du weißt, dass das nicht annähernd beschreibt, was das zwischen uns ist, Marie, oder?«

Ich beiße mir auf die Lippen, habe keine Ahnung, was ich darauf antworten soll, denn natürlich hat er recht. Doch wenn er mir weiterhin so nah ist, wird mir sein atemberaubender Duft mein letztes bisschen Verstand vernebeln. Ich werde ihm hier und jetzt seine Kleider vom Leib reißen und mich damit ganz von allein zu einem seiner Mäuschen machen. Ich muss hier weg – sofort, bevor es noch mehr zu bereuen gibt.

AUSSCHNITT: SEITE 199 – 203

Am Mittwoch begebe ich mich fünf vor vier Uhr auf den Weg von meinem Apartment in die Lobby.

Brian müsste mich jeden Moment abholen. Was er wohl vorhat? Er sprach von einem Date. Allerdings befürchte ich das Schlimmste. Hatte er denn schon einmal so etwas wie ein *Date*? Als ich nach draußen trete, werde ich von der Sonne geblendet und ich blinzle mehrfach, bevor ich überrascht die Augen aufreiße.

»Äh, was ist das?« Ich deute auf die schwarze Harley, an der Brian sich lässig anlehnt.

Kann ein Mann in Leder noch heißer aussehen? Die Antwort lautet definitiv – NEIN, heißer geht nicht mehr!

»Nach was sieht es denn aus?«, fragt er mit einem Lächeln auf den Lippen.

»Sehr witzig. Ich dachte, du wolltest mich abholen?«

Er grinst amüsiert.

»Warte! Du denkst, ich steige auf dieses Ding da?«

»Das wirst du, Baby.«

»Baby? Kannst du diese Höllenmaschine überhaupt fahren?«

»Wie denkst du, bin ich hergekommen? Los, zieh dich um. In einem Kleid nehme ich dich nicht mit.«

»Hättest du früher gesagt, dass du mich mit einem Motorrad abholen wirst, hätte ich mich freiwillig wie ein Michelinmännchen angezogen, inklusive Knie- und Ellenbogenschützer. Vermutlich hätte ich auch noch eine zusätzliche Lebensversicherung abgeschlossen. Dann hätte wenigstens meine Mum etwas von meinem selbst verschuldeten frühzeitigen Ableben.«

Ich seufze frustriert, was Brian zum Lachen bringt. *Arschgesicht.*

Ich recke ihm den Mittelfinger entgegen und gehe zurück in mein Apartment.

Dem werde ich es zeigen. Sein Grinsen wird ihm schon noch vergehen.

Kaum habe ich die Tür zu meiner Wohnung aufgeschlossen, rufe ich lautstark nach Tammy.

»Ich bin so was von am Arsch. Beste-Freundinnen-Notfall – Alarmstufe rot.«

»Was ist denn passiert?«, fragt Tammy mit einem Schmunzeln auf den Lippen, als sie frisch geduscht und nur mit einem Handtuch bekleidet aus dem Badezimmer kommt.

»Du glaubst nicht, wer unten mit einer Höllenmaschine steht und will, dass ich da raufsteige.«

Ich tippe mit dem Finger an meine Schläfe, woraufhin sie erneut auflacht. Na toll. Gibt es jemanden, der mich heute noch nicht ausgelacht hat?

»Hör auf zu lachen. Brian hat sich auch schon köstlich amüsiert. Aber ihm wird das Lachen schon noch vergehen.«

»Du bist echt ein Original, Süße. Aber was machst du hier? Du hast das Date doch nicht abgesagt?«

»Wo denkst du hin. Nein, ich muss mich umziehen.« Ich deute auf mein Kleid.

»Oh. Logisch. Mit einem Kleid sitzt es sich schlecht auf einem Motorrad.« Ich nicke.

»Ich brauche unbedingt deine Hilfe. Du kennst doch die Grease-Filme, oder?«

»Wieso stellst du mir so eine bescheuerte Frage? Du weißt doch genau, dass ich ...« Ihre Augen werden groß. »Scheiße, Marie. Er wird dich umbringen.«

»Das glaube ich definitiv, denn er verlangt, dass ich auf diese Todesmaschine steige. Ich brauche deine schwarze Lack-Hose und deine Leder Heels, die, die hinten offen sind und nur ein Riemchen haben, und die rote bauchfreie Bluse. Du weißt welche, oder?!« Ich schaue sie bettelnd an.

Sie grinst und schüttelt den Kopf. »OMG! Du bist verrückt, aber ich bin dabei. Lass uns loslegen, bin gleich wieder da.«

Ein paar Minuten später kommt Tammy mit einem Stapel Kleidung auf mich zu und das Lied »Cool Rider« von Michelle Pfeiffer dröhnt lautstark aus ihrem Zimmer. Trällernd und mit einem Grinsen auf den Lippen reicht sie mir die ausgewählten Sachen.

Zehn Minuten später sehe ich aus wie Sandy. Nur mit langen Haaren, die ich zu einem Pferdeschwanz hochgebunden habe.

»Mamma Mia. Marie! Du siehst echt verboten heiß aus.«

»Dann passe ich ja perfekt auf sein Bike.«

»Warte, ich habe noch was vergessen.« Tammy verschwindet wieder in ihrem Zimmer und kommt nach wenigen Sekunden mit einer schwarzen Lederjacke zurück. Sie hält sie mir hin und ich schlüpfe hinein. Ich erkenne mich selbst nicht wieder. Tammy hat recht, denke ich, als ich mich im Spiegel betrachte.

Sie singt plötzlich den Refrain lautstark mit und ich bekomme einen Lachanfall. »Wow. Tammy, genau deswegen liebe ich dich.«

»Los, zeig es ihm«, sagt sie und gibt mir einen Klaps auf den Po.

Ich küsse sie auf die Wange und mache mich erneut auf den Weg in die Lobby.

Als ich das Gebäude verlasse und auf den Gehweg trete, schaut mich Brian mit weit aufgerissenen Augen an. »Marie?«

»Erzähl mir was, Clark.«

»Verdammt. Was zur Hölle hast du da an?«

»Ein passendes Outfit für einen Ritt auf deiner Höllenmaschine, würde ich sagen.« Ich drehe mich einmal im Kreis, doch Brian packt mich blitzartig an der Hand und zieht mich zu sich heran.

»Willst du mich provozieren?«

»Vielleicht? Funktioniert es denn?« Ich beiße mir auf die Lippen, damit ich nicht in lautes Gelächter verfalle.

»Hast du zu viele Filme geschaut?«, fragt er mich gereizt.

»Möglich. Aber was mich mehr schockiert, ist, dass du offenbar ebenfalls diesen besagten Film gesehen hast.«

Er brummt. »Wer kennt ihn nicht? Und jetzt steig auf, Weib, bevor ich dich direkt hier auf meinem Bike ficke.«

»Nur weil du auf einem Bike unterwegs bist, musst du nicht gleich reden wie ein Biker.«

»Es macht dich doch an, oder? Versuch es erst gar nicht zu leugnen, denn ich sehe immer, wenn du lügst.«

Ich strecke ihm die Zunge raus und nehme den Helm entgegen, den er mir reicht.

Brian beugt sich zu mir nach vorn und flüstert: »Baby, du hast keine Ahnung, was ich gleich mit dir anstellen werde, wenn wir nicht mehr auf einer Hauptstraße stehen.«

Ich beiße mir erneut auf die Lippen. *Was habe ich mir da nur eingebrockt?* Brian steigt absolut lässig auf sein Bike und ich versuche, es ihm gleich zu tun, was mir jedoch weniger gut gelingt. Schnell schlinge ich meine Arme um Brians Taille und klammere mich an seiner Jacke fest.

Brian lacht auf. »So kann ich nicht fahren, wenn du mich erwürgst.«

Ich schnaube und lockere leicht meinen Griff.

»Bereit?«

»Ehrlich gesagt, nein.«

Brians Lachen vertieft sich. »Du bist sicher. Vertrau mir und halte dich fest.«

Vertrauen?

Hier geht es zum Shop!
(Taschenbücher & Buchboxen)

www.jasminmayer.de

Thank you

DANKSAGUNG

Zu allererst, möchte ich mich von ganzem Herzen bei meinen Testleserinnen

Chrissy, Line, Heidi und Enny

bedanken.
Ihr habt es geschafft, in nur wenigen Tagen die Kurzgeschichte testzulesen.
Nochmal Danke für euren Einsatz.
Euer Feedback hat mir so viel Mut und Kraft gegeben, da eine eher »romantische« Geschichte normal außerhalb meiner Komfortzone liegt.

Besonders bedanken, möchte ich mich bei

Chrissy, Line und Lisa,

die mir zudem auch bei der Entscheidung rund ums Cover sowie bei der Marketingplanung und vielem mehr zur Seite gestanden haben.

Danke, dass es euch gibt!

Der größte Dank jedoch geht an meine liebe

DANI,

ohne die ich bestimmt schon mehrfach
alles hingeschmissen hätte.

DANKE, dass du dein ganzes Herzblut in jedes meiner Projekte steckst und so lange mit mir das Manuskript ausarbeitest, bis es perfekt ist.
DANKE, dass du mir immer mit Rat und Tat zur Seite stehst.
DANKE, dass du deinen Job so sehr liebst.
DANKE, dass du meine Lektorin, Freundin und Seelentrösterin bist.

♥

AN MEINE LESER

Erneut konnte ich mich auf eure Unterstützung und Liebe verlassen. Dafür möchte ich mich von ganzem Herzen bei jedem Einzelnen von euch bedanken.
Mit diesem Projekt habe ich mich an etwas Neues herangewagt – an einen Kurzroman, ohne zu wissen, wie das Ganze bei euch ankommt.
Ich hoffe sehr, ihr hattet tolle Lesestunden mit Emily & Lucien.
Für diejenigen unter euch, die durch diesen Kurzroman auf mich aufmerksam geworden sind, hoffe ich, dass euch die Einblicke bzw. die kleine Leseprobe zu meiner Debüt-Reihe gefallen und neugierig gemacht hat.
Puh … es gibt so vieles, für das ich mich bei euch bedanken muss.

Danke, dass ihr immer da seid.
Danke, dass ihr diesen verrückten und steinigen Weg mit mir geht.
Danke für euren Support und die Liebe.
Danke, dass es euch gibt.

Nur für euch schreibe ich. Und ich hoffe, dass ihr weiterhin an meiner Seite seid und die nächsten Schritte mit mir geht.

Danke für ALLES !

ÜBER DIE AUTORIN

JASMIN MAYER

ist eine deutsche Autorin, die 2020 ihre Leidenschaft zum Schreiben entdeckt hat.
Sie lebt in Mannheim, liebt das Lesen und ist ein echter Serienjunkie.
Sie schreibt hauptsächlich Belletristik, meist unter dem Genre Romance Suspence.
Ihr dürft euch also auf Geschichten voller Leidenschaft, heißer Erotik, reichlich Drama, sowie ungesunder Eifersucht und auf eine riesige Portion Liebe freuen.

Für mehr Infos zu meinen Büchern folgt mir gern auf
Instagram: **@jasmin.mayer_autorin**
Oder schaut unter: **www.jasminmayer.de** vorbei.

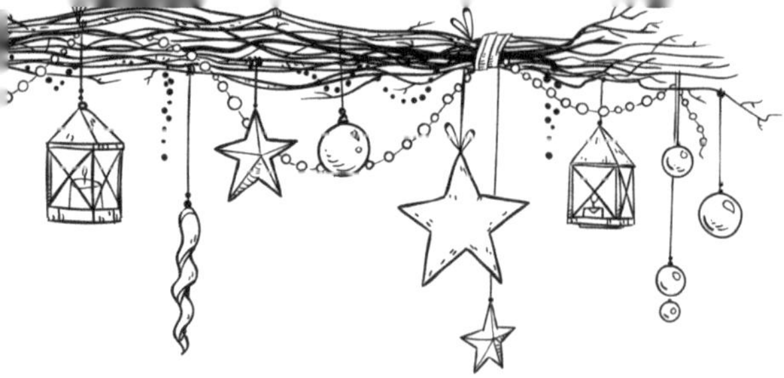